대만의 독자들께 감사의
마음으로 따뜻한 차 한 잔을
올립니다。 읽는 동안 행복하시길。

金英夏

敬一杯暖茶，
以表我對台灣讀者的感謝。
希望大家幸福地閱讀這本書。

只有兩個人

오직 두 사람

|金英夏人間劇場|短篇小說集

金英夏

김영하

著

胡椒筒 譯

懷著愛與敬意，
將本書獻給與我相伴二十載的妻子恩淑。

目次

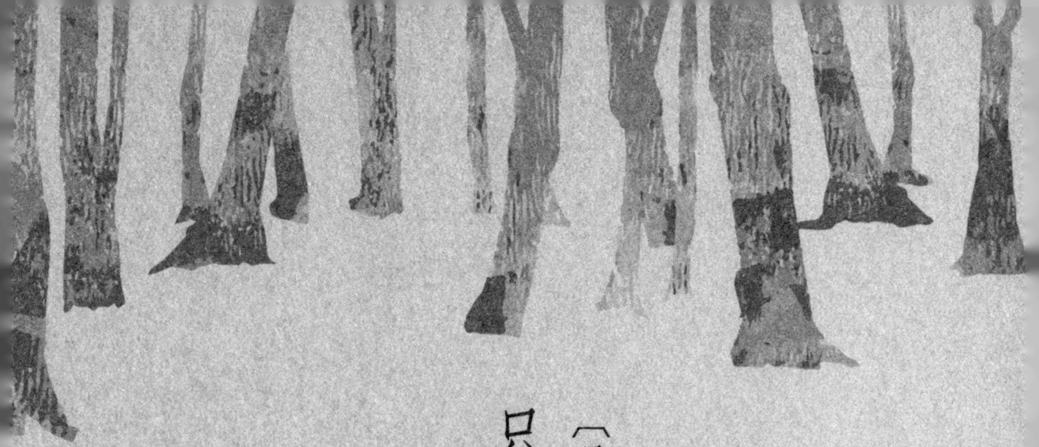

〔吳永壽文學獎〕

只有兩個人

——缺失

思念的姊姊：

昨天，我看到一篇有趣的報導。妳想像一下，自己是中亞高山地區的少數民族，使用一種稀有的語言，為了躲避史達林的統治，與幾十個人一起移民到美國紐約。在紐約，使用這種語言的人只有你們，之後聽聞俄語成了你們家鄉的標準語言，你們族人曾經使用的語言就此消失了。但你們定居的紐約不同。紐約這裡仍有數百種化石語言在活躍地使用中，因為還有人使用著被家鄉遺忘了的語言。正因為這樣，紐約被稱為語言的博物館。但妳的孩子只用英文交流，結伴離開家鄉的人們也相繼離世，到最後，使用這種稀有語言的人只剩下妳和另外一個人了，也許全世界能用這種語言交流的倖存者就只剩下你們兩人。有一天，你們因為一點瑣事發生爭吵，就此斷絕往來，之後的數十年間也沒有過交談。最後，那個人先離世了。看完這篇報導，我不禁思考起無法用母語與任何人交流的孤獨。那是一種連多管閒事、勸說和解的人也沒有的孤獨，是一場全世界最致命的爭吵。假如與我使用相同語言的人只剩下兩個人的話，那我一定會很謹慎小心，不想把自已關進語言的單人房裡幾十年。不過話又說回來，如果是連一點爭吵也容不下的母語，那還要這種奢侈品做什麼呢？

爸爸昨天轉到了普通病房，但因為可以領保險理賠的多人房沒有空床，所以先住進單人房。爸爸又回到了我的身邊。不，應該說是我又回到了爸爸的身邊吧？在病房裡稍坐片刻都會讓人覺得透不過氣來，為了不讓穿著單薄病人服的患者著涼，裡頭暖氣開得很大，然後又因為太過乾燥而一直開著加濕器，讓我覺得就像走進管理不當的餐廳廚房一樣。爸爸現在徹底變成了老人，問他想不想喝水，也只是搖頭。他一直講著沒有意義的話。做完長達十一個小時的大手術出來以後，他再也不是之前的那個爸爸了。我把這件事告訴哥哥後，妳知道他怎麼說嗎？

「人在進行全身麻醉的時候，就等於是死了。這就跟影印文件差不多，即使看似一模一樣，但始終不是正本。長時間麻醉後醒來的人，再也不是之前的那個人了，可以看成是一種複製品。就像蜥蜴的尾巴被砍斷後，即使牠會長出新的尾巴，但跟原來的大小是不同的。」

這很像哥哥會講的話吧。妳知道他在巨濟島的造船廠上班嗎？但不久前，他被解僱了。最近，重工業都不景氣。哥哥說，被解僱的那天，他看到工會在公司的牆上掛上「解僱是死亡」的橫幅。我知道哥哥看到那橫幅會說什麼，他肯定會說：「不，死亡才是解僱。被解僱，死不了人，但死掉的話，可就什麼都結束了。」一直以來，哥哥很喜歡亂改名言或俗話，創造新的用語。每當他自信滿滿地說：「不信的話，你們試試看，怎麼講都可以通。」大家就會你一言我一語的把句子丟給他。如果有人說：「躲不掉的就享受吧。」哥哥會笑瞇瞇地回：「享受不了的就躲掉吧。」如果有人道出《小王子》中的名句：「使沙漠如此美麗的，是它在某處藏著一眼泉水。」哥哥就會說：「如果哪裡藏著一眼泉水，那裡就是沙漠。」有時候，一些格言顛倒過來，反而更教人覺得意味深長，比如「金是沉默」。哥哥被解僱那天，一起入社的人力資源部同事對他說：「加油，人家不是說危機就是轉機嘛。」妳應該能猜到他是怎麼回答的吧？他說：「開什麼玩笑，轉機就是危機。」

爸爸的複製人穿著病人服躺在那裡，我在扮演他的女兒。我總是覺得哪裡怪怪的，很不自在。我不禁產生疑問：如果爸爸早就死在手術室裡，那現在躺在床上的人是誰呢？我又在這裡做什麼呢？真不知道那個每逢週末和我一起去看電影、在環境優雅的餐廳裡一邊用餐一邊討論哲學、像女性朋友一樣知道哪種穿搭可以遮掩我的身材缺點，有時甚至乾脆陪我去購物的那個既年輕又自信滿滿的爸爸去哪兒了？

就像哥哥說的那樣，爸爸應該早就死了吧。

待在醫院，我會經常想起往事，但記憶中最清楚的只有我和爸爸兩個人。我記不清和其他人做過什麼了，媽媽、哥哥和妹妹賢貞彷彿都被隱藏進灰濛濛的霧裡。當年爸爸做了什麼、講了什麼、買了什麼禮物，全部歷歷在目。其他人呢？也許一起唱了生日歌，也許站在一旁笑著，也許根本沒在家。他們都是歸屬於「也許」範圍裡的人。

就像講口頭禪一樣，媽媽常常說：賢珠是爸爸的女兒，不是媽媽的女兒。奇怪的是，這句話聽起來像一種稱讚。二十幾歲就被母校聘用為教授的爸爸，擁有靠運動鍛鍊出來的健康體魄，年幼的女兒把這樣的爸爸視為偶像也不足為奇。我和爸爸的感情特別好，我喜歡纏著爸爸，爸爸也很偏愛我，所以其他人覺得被冷落是理所當然的。即使爸爸再三強調他愛所有的孩子，但誰都能看出來他的愛存在著明顯差異。高三寒假的時候，爸爸提議去歐洲旅行。我剛考完聯考，也順利被大學錄取了，爸爸覺得可以去歐洲的各大美術館來一趟巡禮，累積人文素養。媽媽想當然地認為是家族旅行，所以提起了還在當兵的兒子：

「老公，賢澤還在軍隊呢。」

聽到媽媽提起哥哥，爸爸反而略顯驚訝。

「他沒退伍，當然在軍隊了。」

「再說，賢貞馬上也要念高三了。」

「是啊，所以這次我只帶賢珠去。賢珠這麼努力考上了好大學，理應補償她一下。賢貞就要高三了，哪裡也去不了，妳也一樣……不是嗎？等明年賢貞也考上好大學，我們再去一次，到時候賢澤也退伍了。」

「那就等明年一起去吧。你們就一定要現在去嗎？」

「這次去，下次也去，這樣總可以了吧。考慮到賢珠要修的專業，去走一走、看一看，對她的將來也有幫助。」

「歷史系跟美術有什麼關係?」

爸爸似乎覺得媽媽的問題很荒謬，看著她斬釘截鐵地說：

「賢珠要修的是藝術史。」

雖然那是我頭一次聽聞自己要修藝術史，但不知為何，感覺會是一個非凡的選擇。「歷史」會讓人聯想到塵土飛揚、暗不見光的書庫，但「歷」字換成「藝術」兩個字以後，腦海中立刻浮現出掛著吊燈、典雅的美術館。

「妳真的要跟爸爸兩個人去旅行?妳想去嗎?」

媽媽單獨把我叫到一旁問。直到今天，我還清楚記得她臉上嚴肅且堅決的表情。

「爸都說要去了啊。」

「重要的是妳的想法。妳現在也是大人了，要對自己的判斷負責。只有妳自己去歐洲的話，在軍隊吃苦的哥哥和眼看就要念高三的妹妹會很失望的。即使這樣，妳還是非去不可嗎?妳明白媽媽的話是什麼意思吧?」

對於十九歲的我來說，這是一個非常難的選擇題。

「爸不是說下次一起去嘛。到時候我不去，這樣總可以了吧？」

「這麼說妳是非去不可了？妳確定？」

媽媽又問了我一次，但我已經做出選擇，她失望的眼神令我記憶猶新。如果說在我的人生中，有某一瞬間失去了媽媽的話，應該就是那時候了。自那之後，媽媽再也沒有用溫柔的眼神看過我。她走出房間時對我說：

「妳要牢記一點，這是妳做出的選擇，不是妳爸爸。」

沒錯，是我做出的選擇。我現在的人生也許就是當時做出那個決定的懲罰，畢竟所有的選擇都伴隨著責任。總之，從那天起，爸爸和媽媽持續了一個多星期的冷戰。一年後，直到賢貞像我一樣順利被大學錄取，我始終都覺得爸爸的話很有道理，不明白媽媽為什麼那麼耿耿於懷。賢貞一直相信爸爸會遵守一年前的約定，但爸爸以學校開了新課為由，把旅行的事延後了。取而代之的是，他把霍布斯的《利維坦》和馬基維利的《君王論》等政治論著丟給即將主修政治外交系的賢貞，叮囑她說自古以來政治的本質就沒有改變過，所以入學前一定要讀完這些書。後來聽賢貞說，就是在那一刻，她下定決心要盡快離開這個家。賢貞的夢想成真了，她去了離家、離爸爸最遠的地方。如今，她已經定居在紐澤西，很早就成了州立大學的教授，幾乎不回韓國了。爸爸和媽媽離婚後，媽媽也去了賢貞那裡。哥哥大學一畢業就去了巨濟島，找到一份造船廠設計部門的工作。

所以，爸爸身邊只剩下我一個人。

即將入學的那年冬天，歐洲又冷又陰。真不知道歐洲為什麼總是下雨。走在街上，你會感覺寒氣一直從衣縫鑽進來。儘管如此，我還是覺得如夢般的一個月讓自己大開了眼界。我和爸爸在小而雅緻的飯店用過早餐後，會去樹葉上凝結著晨露、鬱鬱蔥蔥的公園散步，然後在美術館開門以後，一邊徘徊在鑲有古雅畫框的傑作前，一邊討論為何有的嘗試被稱頌為不朽之作，有的努力則被視為陳腐之舉。人的心真的很難捉摸，雖然這場由爸爸計畫、主導的旅行讓人覺得很舒適，但因為過於安逸，所以我開始覺得有些無聊了。我漸漸萌生想要獨處的念頭。在遊客人山人海的老城區，感覺我一個十九歲的女孩獨自走在街頭也很安全。有一天，爸爸感冒了，說下午想待在飯店看書休息。於是我對他說，那您休息，我自己去街上逛逛。誰知爸爸竟然大發雷霆地問：我有做錯什麼嗎？想逛街，妳怎麼不早說，非要一個人行動，怎麼可以這樣？我覺得自己長大了，已經到了可以獨自走在歐洲街頭的年齡，但也許爸爸不這樣認為吧。這件事就這樣不了了之，但之後爸爸發生了變化，我覺得原本自信滿滿的他變得不安起來。爸爸會為我解說美術館裡的名畫，但其實在出發前，我已經讀過他推薦的那些書，像是宮布利希《藝術的故事》，讓我有時會對他的解說感到很費解，之後再看作品介紹的時候也會發現與爸爸講的內容截然不同。有一次，我說：「爸，好像不是欸，畫家是另外一個人。」我只是出於單純的好意，畢竟他是教書的人，不應該儲存錯誤的知識，但爸爸非常不高興。

「是嗎？啊，這傢伙是模仿那位畫家，所以把這幅畫當成那位畫家的作品也不為過。這傢伙竟然原封不動地抄襲。真搞不懂為什麼要把這種人的畫和大師的作品擺在一起……」

那天直到走出美術館，他幾乎把藝術圈所有的模仿者詛咒了一遍，還批判說，真正的創作是罕見的，而大部分藝術家一生都在模仿別人，虛有其名的藝術家都很窩囊、懶惰。雖然當時我還小，卻也能察覺他的這種憤怒並不單純。但另一方面，我也能理解他。被指正錯誤的時候，誰不會驚慌、羞愧呢？帶著正處在青春期的女兒旅行了一個月，爸爸也很辛苦。想到這裡，我便沒再多說什麼了。

有一次還發生了這樣的事。我們要去德國某一個地方，爸爸為了變更預訂的火車時間去了售票窗口，我留在原地看行李。這時，幾名韓國背包客看到稚氣未脫的我在看守兩個大行李箱，於是走了過來。那三個人都是大學生，說是入伍前一起休學出來旅行。我也做了自我介紹，表示自己是聯考完和爸爸一起出來旅行。幾個大學生覺得非常神奇，說在歐洲旅行了兩個月，還是第一次遇到跟爸爸出來旅行的女兒。我莫名覺得很驕傲，開心之餘還說了我和爸爸一起去過的城市和美術館，結果他們表示：

「我們現在都不去美術館了，感覺都差不多。啊，那些小天使的屁股已經看膩了……」

看到他們嘻嘻哈哈，我覺得有點無語。其中身高最矮的大學生（姊，三個人裡，那個哥哥最可愛）可能是看出我在想什麼，於是解釋說，不去美術館，也有很多有趣的事情：住在廉價青年旅館和來自世界各地的人一起煮東西吃，坐在火車站長椅上徹夜聊天，在阿爾卑斯山看銀河，在前往希臘的渡輪甲板上一邊喝啤酒、一邊欣賞亞得里亞海的日出。那瞬間，我開始幻想和朋友一起出門旅行。我下意識地問了他們接下來的旅行計畫，但這時爸爸走了過來。聽到爸爸介紹自己是某大學的某某教授，幾個大學生立刻鞠躬問了聲好。爸爸簡單問了他們幾個關於旅行的問題，然後親切地拍拍他們的肩膀，叮囑他們要注意健康，並祝福他們一路玩得開心。但那幾個大學生離開後，爸爸突然不講話了。我不由自主地辯解了一句：

「我只不過跟他們聊了幾句而已。」

爸爸沒有提高音量，而是用略顯陰鬱的語氣描述了旅途中年輕女性可能遭遇的危險，以及未經監護人允許，隨便跟陌生人講話有多令他顏面盡失。

「爸，對不起，我下次再也不會這樣了。」

爸爸沒有生氣，我卻在不自覺地懇求他的原諒。自那之後，直到旅行結束，我再也沒有跟任何人講過一句話。儘管如此，爸爸看起來還是很不開心，動不動就會因為一些瑣事發脾氣，而我一直如坐針氈，總覺得這一切好像都是自己的錯。

旅行到了第三週，我開始期盼這趟旅行快點結束了。

在紐澤西的時候，因為白天無事可做，我去了賢貞的大學上英語會話課。報名英語會話班以前，不是都會做測試嗎？我參加測試的時候，一位戴著面紗、只露出眼睛的穆斯林女性在丈夫的陪同下走了進來。從服飾可以看出，他們來自非常嚴格的伊斯蘭國家。丈夫先來留學，正在攻讀博士，所以英文比較流暢，但妻子好像一句英文也不會講。才剛開始測試，問題就來了，因為是男老師。老師問了一個非常簡單的問題：「您來自哪裡？」丈夫代替妻子回答：「我太太說，她來自巴基斯坦。」這是在測試妻子的英文能力，怎麼能讓丈夫回答呢？雖然老師一再強調要讓妻子親自回答，但丈夫很頑固地說：「我太太說，依照法律，她不能與除了我以外的其他男人講話，所以有什麼話您告訴我，我來轉達給她。」這個丈夫已經在美國生活多年，想必他自己也知道這樣有多滑稽可笑。夫妻倆看起來都很不自在，但畢竟丈夫也是在那樣的文化中長大，所以妻子很清楚他為何會這樣。

那時，我突然想起和爸爸的歐洲旅行。如果沒有我，爸爸也會很自由，說不定當時他也會偶爾後悔帶我出國。如果沒有妻子，也許那個穆斯林的丈夫會裝成一個比較開放的留學生。他們嚴肅地扮演著保護女兒和妻子的角色，同時又不想成為別人眼中不道德的壓迫者，所以一舉一動才會顯得那麼不自然。

那次旅行回來之後，全家人自然而然地把爸爸推給我，遇到與爸爸有關的事情時，所有人都會來找我。妳跟爸爸說一下這件事吧？爸爸什麼時候回來？爸爸今天怎麼了？我漸漸變成要對爸爸的情緒負責的人。爸爸生氣的時候，我會覺得是我的錯。相反的，他心情好的時候，我也會覺得好像是因為我。每週我至少會跟爸爸出去吃一次飯，全家人也漸漸對這件事見怪不怪了。

「難道妳喜歡女生？」

剛上大學的時候，一位學姊這樣問我。可能是因為每次我都拒絕她給我介紹男朋友，加上從沒見過我和男生在一起，所以才會這麼想吧。當時，我下意識地回答說，不，我喜歡男生。學姊聽了後，給我介紹了一個男生，還是我認識的人。雖然我和他不同系，但我們上同一門通識課，他還請同社團的學姊幫忙牽線。其實，上課的時候，我已經察覺到他經常偷看我了，也覺得他人很不錯。他大我兩歲，性格開朗，而且很幽默。起初我們相處得很好，但他無法理解我和爸爸的特殊關係，因為每次我都說為了爸爸必須在晚飯前回家。

「看來妳爸很嚴厲啊？」

我覺得他是在侮辱爸爸，所以勃然大怒：

「他一點也不嚴厲。」

「那妳為什麼要準時回家呢？」

「這是我們家的傳統，全家人共進晚餐後，會圍坐在一起邊喝茶邊聊當天發生的事。」

其實，這儀式很久以前就中斷了。在我高中畢業以前，我們家的確會這樣做，之後就再也沒有過了。媽媽獨自吃過晚飯後，會在臥室看電視。其他人也是吃過晚飯後，待在各自的房間裡。

「原來是蟑螂家族啊。我才一進門，大家就都躲進自己的房間。」

有一次爸爸說了這句話，讓我產生了責任感。就這樣，飯後飲茶成了只有我和爸爸兩個人的儀式。那個男生還問過我這樣一個問題：

「你們家信什麼宗教嗎？」

「哪有全家人一起吃飯飲茶的宗教？韓國的其他家庭才奇怪吧？全家人圍坐在一起聊天是很奇怪的事情嗎？」

週末安排時間和他見面也很難，因為我要和爸爸去看事先約好的展覽、去電影院看文藝片，或者去新開的餐廳吃早午餐。那個男生帶我去的餐廳，水準都不及我和爸爸去的。當然，這都是可以理解的。出身中產階級家庭的大學生，能有多少零用錢呢？跟他在外面吃的東西，就只是除了微甜的調味料之外，再也嘗不出任何味道的食物，以及使用假莫札瑞拉起司的披薩。有一次，我們去了主題公園，除了覺得很幼稚以外，我根本提不起任何興致。我覺得不滿十歲的小孩才會對那種刻意模仿異國風情的佈景街道感興趣，一邊看著假扮浣熊的人，一邊舔食冰淇淋。我也想過，會不會是因為爸爸，所以我才這麼早熟。但提不起興致，我也沒有辦法。

有一天，我看到那個男生和另一個女生走在校園裡。他乖乖地承認說，我在跟別人交往。

「那我們分手吧。」

聽到我的話，他笑了。

「我們什麼時候交往過？」

他說的沒錯，我們好像沒有交往過。真是萬幸，因為沒有交往過，所以也不會受傷了。但奇怪的是，我很難過，身心都很難受，而且因為一點力氣也沒有，還在家裡躺了好幾天。我一點也不喜歡他，我們在一起的時候也沒發生過什麼令人難以忘懷的事，但我還是時常想起他，這讓我十分痛苦。

同樣的模式不斷反覆著。我與對我有好感的男生交往，當對方覺得我很奇怪的時候，我就會對他很失望，然後分手，最後我會回到爸爸的身邊。爸爸對我的戀愛史瞭如指掌，每次我失戀了，他都會安慰我說，下次會遇到更好的人。但現實正好相反，我遇到的人越來越糟糕。不知不覺間，我已經四十歲。年過四十以後，再也沒有人肯靠近我了。不過有時候，我也會覺得這是一種解脫，因為周圍再也沒有人提醒我要談戀愛了。

我按照爸爸的預言，攻讀了藝術史的碩士學位。但結果如妳所知的那樣，現在我在江南的補習班靠教社會科目為生。因為我從事與藝術史毫無關係的職業，所以爸爸很是失望。相反的，爸爸不疼不愛的賢貞不僅在美國出版了幾本書，而且早就在學術界站穩了腳。她偶爾會寫郵件來，同情我的處境，果斷地提出忠告：

「姊，妳就離開爸爸吧。沒有人讓妳承擔那種責任。再說了，爸也不是妳值得為他犧牲的那種人。」

可能是在美國生活的關係，賢貞的語氣是那麼直接了當。也許這是與使用英文思考、用英文寫作有關吧。念大學的時候，不是要做小組報告嗎？每一組都會有那種每次開會時都缺席，然後最後一天現身吹毛求疵、指手畫腳的人。賢貞就像那種人一樣，讓人討厭。當我爭辯說：「我怎麼能丟下爸爸不管？我們可是一家人。」賢貞就會打出最後一張牌。

「不是還有那個女人嘛，不，應該說那些女人才對，叫那些女人照顧他就好。」

那個女人，那些女人。沒錯。我知道她們。媽媽剛去美國，那些女人就出現了。就像舞臺劇一落幕，工作人員會立刻整理舞臺一樣，那些女人從很早以前就圍繞在爸爸身邊了，只是我們沒有看到而已。爸爸把那些女人介紹給我，有時我們會三個人一起去看電影，或是在家裡準備過節的食物。就連去旅行的時候，爸爸還會跟女人住在公寓式飯店的大房間，我自己一個人住小房間。起初我不知道該如何接受這種情況，但很快便習以為常。因為我無法干涉爸爸的私生活，媽媽不負責任地抛下爸爸走了，可他是有性慾的，那是我無能為力的事情。

覺得尷尬的反倒是那些女人，她們似乎都很為難，不知道該如何與我相處。你的女兒真聰明，現在已經看不到這種孝女了，你們父女的感情可真深厚啊。一開始那些女人講的都是好聽話，但最後的結論都是勸我趕快找一個好歸宿，還會費盡心思給我介紹一些滿身餿味、離過婚的男人。

爸爸交往過的女人中，有一個經營髮廊的女人。她離過婚，還有一個念小五的兒子。有一次，爸爸說要跟那個女人去日本泡溫泉，希望我能幫忙照顧孩子幾天。他說日本的溫泉對自己的皮膚病有特效，這讓我怎麼拒絕？況且，我向來很難拒絕爸爸的請求。那個女人帶著孩子來到我家，那個兒子有嚴重的肥胖症，也明顯比同齡的孩子高很多。這不禁讓我感覺很有壓迫感。

「我兒子很乖，一點都不用操心。」

女人說道。那孩子悶悶不樂地瞄了我家一圈，感覺他應該也不想和我相處吧。沉默寡言的孩子整天滑著 iPad，給他煮飯也不吃，只吃炸雞或披薩那些外送食品。有一天晚上，我準備去補習班，突然覺得怪怪的，回頭一看，發現那孩子在偷看我換衣服。他看到我回頭，立刻跑走了。我後來才發現，他用 iPad 看的都是日本色情片。雖然還是一個孩子，卻也讓人覺得很噁心。我本來想說他幾句，轉念一想，幹嘛教育別人家的孩子，而且說不定之後再也不會見面，所以忍下來了。

但幾天後的晚上，門鈴響了，一個男人出現在玄關門口。那孩子喊著爸爸，跑了過去，男人一下子抱起自己的胖兒子。男人果真是他的爸爸，但男人竟然問我是誰。男人說，接到孩子的電話才找到我家，我說是受他媽媽之託幫忙照顧幾天，他又追問我和那女人是什麼關係。我無言以對，感覺他是在明知故問。他使出這種花招，是想讓我感到羞愧。見我一聲不吭，男人開口說：

「妳是朴教授的女兒吧？身為子女，妳怎麼能做這種事呢？妳爸毀了別人的家庭，妳袖手旁觀就算了，竟然還做這種事。我本來要去學校大鬧一場的，但聽說他馬上就要退休，也就忍了下來。」

「聽說你們離婚了。」

男人覺得哭笑不得，咂嘴道：

「不是，你們父女之間連這種事也講嗎？」

男人帶著孩子離開後，我在整理被孩子弄得亂七八糟的房間時，癱坐在地上哭了。我覺得很生氣、很傷心，卻又不知道是為了什麼。細究起來，好像都是我的錯。我應該從一開始就拒絕爸爸的請求，但我沒有。想到這裡，突然我又覺得很委屈，卻搞不清楚具體是為什麼，接著又很生氣，所以又哭了起來。

爸爸回來的時候，我的心情已經平復。我心想，現在必須跟爸爸劃清界線才行。就算是他拜託的事，不行的事就要拒絕，我也有自己的生活。我下定了決心，但爸爸爛醉如泥地出現了。我剛打開門，他就像被人丟在地上一樣倒了下來。爸爸很少喝得不醒人事。我覺得很奇怪，下定的決心也自然被忘在腦後。我問他怎麼了、出了什麼事，這次換爸爸哭起來。他在女兒面前號啕大哭地說：

「她拋棄了我。」

聽說從日本回來以後，那個經營髮廊的女人就與前夫重歸於好。爸爸說他們不過吵過一次嘴而已，說沒有那個女人就活不下去，甚至還哭天喊地非要再見她一面。爸爸年輕的時候，也和人們想像中的教授形象截然不同。他不是那種戴著黑框眼鏡整日坐在研究室裡，看書看出烏龜頸的書呆子。爸爸會露出大汗淋漓、曬成古銅色的手臂，把網球拍像獵槍一樣搭在肩膀上走在校園裡。很多人都誤以為他是體育系的教授。爸爸對自己充滿活力的肉體信心十足，也很喜歡和家人一起運動，每次都會炫耀自己的力量和爆發力。年過花甲之後，他在學校還是像三十多歲剛被委任教職的年輕教授一樣，每天堅持運動，向女人暗送秋波，但女人不再像從前那樣容易上鉤了。為此他做了很多勉強的事情。他的開銷變大，經常怒氣沖沖，而且時不時地跑去皮膚科和整形醫院。爸爸沒有做錯什麼，他這輩子都是這樣活過來的。有一次，研究所的學生，也就是爸爸的助教，因為他死性不改而向學校的倫理委員會檢舉了他。受到學校懲處的爸爸，對「那些有學問的臭丫頭」產生憎惡之情，同時多少也感到害怕了。不得已，他只好把視線轉向校外。很多中年女性對在國外留過學、上了年紀的教授很有好感，那個髮廊的女人就是其中之一。

我好不容易攙扶爸爸躺到我的床上，然後打開電視，轉到從不看的購物頻道，坐在客廳的沙發上思考了一整夜。只不過，長時間思考也未必能得出明智的結論。好吧，讓那個女人回到爸爸身邊，這樣我就能擺脫他了。爸爸哭得這麼傷心，看來這次是遇到了真的緣分。十九歲那年冬天，在歐洲的美術館尋找不朽之美的少女去哪裡了呢？我得找回那個孩子。懷抱著這樣的想法，我去見了那個女人。在髮廊關門前，我們見了面。女人讓其他人走後，給我倒了一杯咖啡。雖然她裝出一臉困惑的樣子，嘴角卻還是掛著勝者的微笑。

「妳爸讓妳來的？」

女人問道。

「不是，是我自己想來的。」

女人噗哧笑了出來，像是在笑我不會說謊一樣。

「那妳為什麼來？」

我事先準備好了台詞，但不想唸台詞。我一聲不吭地喝著咖啡。

「再倒一杯給妳？」

女人取來咖啡壺，又給我倒了一杯咖啡。我默默地又喝了一杯，然後開口說：

「妳兒子看色情片。」

女人的笑容立即消失。

「妳說什麼？」

「妳兒子性早熟，他的 iPad 裡都是色情片，在我家的時候一直都在看色情片。」

女人臉紅了。

「他需要性教育。」

「妳來就是為了說這件事？」

我給出肯定的回覆。話音剛落，女人便拿起鑰匙扣站起身，我也跟著她站了起來。走到門口，女人對我說：

「我讀書少，還以為讀書人比我有教養，但妳爸讓我知道，事實並非如此。今天也是如此。回去好好照顧妳爸吧。」

這裡就是谷底了，未來不會比現在還要糟。我一下子清醒過來。我不知道自己是怎麼走回家的，回到家也沒有哭。比起難過、傷心和委屈，我感受到了危機感。身陷沼澤太久，以至於忘記了這裡是沼澤。現在就逃走吧。

剛開始在補習班工作的時候，我也算是小有人氣。雖然談不上是猜題很準的老師，但我擅長用淺顯易懂的語言講解複雜難懂的概念。隨著年紀接近四十歲，可以明顯看出我的學生減少了，畢竟學生也喜歡年輕的老師。我從江南區附近的補習班做起，幾年後進軍大峙洞，但之後漸漸被擠出江南區，最後只能輾轉於新興城市的小型補習班。有人建議我，既然年紀不小了，不如乾脆自己辦一間補習班。我計算了一下，除了現在住的小公寓的全租金[1]，我幾乎沒有任何的資產。這些年賺的錢都去哪裡了？其實，我從來沒有擔心過未來，因為一直都只思考與爸爸有關的事。週末要跟爸爸去看電影，看什麼好呢？爸爸叫我晚上回家，是有什麼事嗎？爸爸說要去做健康檢查，如果結果不好怎麼辦？爸爸新交的女朋友不知道是怎樣的人……

1 韓國特有的房子租賃制度，房客在繳納一筆高額押金後，期間不需要再付租金，待租約期滿，房東必須還回全部押金。

因為我輾轉於不同的補習班，所以穩定的人際關係都消失了。我總是有一種要在新地方重新開始的感覺，因為不知道何時會走人，所以很難敞開心扉與人接觸。我的工作時間都在晚上，很難配合普通上班族的下班時間。原本保持聯絡的同學就很少，久而久之，也與同學都失聯了。不知不覺間，我身邊的家人、朋友、職場同事全都消失，只剩下與爸爸有關的問題。那天見過髮廊的女人回到家，我站在公寓的陽臺上俯瞰時心想，如果我跳下去死了，會有人為我傷心難過嗎？爸爸的臉一閃而過，但不知為何，我不確定他會傷心難過。我覺得他只會感到遺憾，因為他不能沒有我。

我的人生還剩下什麼？除了與爸爸有關的事情，什麼也沒有。為了討爸爸的歡心，我考入他指定的大學，選擇他推薦的專業，每逢週末還要和他在一起。我總是心懷內疚，因為沒能成為令他自豪的藝術史學者，甚至為沒有找到一份能讓他在朋友面前炫耀的工作而感到羞愧。爸爸經常對那些交往的女人說，我的大女兒馬上就要取得博士學位、成為藝術史教授，而且還是母校的教授。這簡直就是無稽之談。我的確有繼續深造，但那已經是很久以前的事情了，況且我根本沒有想取得博士學位的想法。這年頭，就算在國內主修藝術史、取得博士學位，也找不到工作。即使能熬到教授一職，在此之前也很難維持生計。在補習班任教對我來說，已經是最好的選擇了，但爸爸不這樣認為。

我在新到職的補習班認識一位教語言的女老師。她很年輕，對我十分友好，感覺是一個性格開朗的人。有一天，她約我一起吃午飯。我通常都在晚上上班，所以白天很少出門。我猜她是想找我聊聊人生的苦惱，結果被我猜中了。我們吃過義大利麵後，去了咖啡店。就在我覺得該進入正題的時候，她開口說：

「我跟爸爸走得很近。」

我突然很想起身一走了之，因為我知道她接下來要講什麼。我有一種很強烈的預感，覺得自己不該聽那些事。看恐怖電影的時候，我們不是都會在預感馬上要有恐怖場面時閉上眼睛嗎？但這不是恐怖電影，所以閉上眼睛也無濟於事。我努力讓自己看起來像一個懂得聆聽的人生前輩。

「走得很近是什麼意思？」

她接下來講的事情彷彿是在描述我一樣，我不禁懷疑她是不是在背後調查過我。她說自己從小就是「爸爸的女兒」，每逢週末和爸爸一起看電影，在德壽宮的石牆路上散步，去高級餐廳吃飯……雖然也交過男朋友，但都因各種原因而分手，到現在也還跟爸爸經常見面，做一些只有情侶才會做的事情。

「嚇到妳了吧？」

她觀察著我的臉色，然後辯解似地補充說：

「我之前也不理解那些覺得我很奇怪的人。跟爸爸走得近有什麼問題嗎？因為我沒結婚？難道這不是對未婚人士的歧視嗎？未婚的人都是可憐的人。因為爸爸，我沒結婚，所以他是壞人？」

「妳的想法改變了？」

「不久前，我生病了，得了甲狀腺癌。」

姊，人真的很奇怪。我一直覺得她很健康、開朗，但聽到「癌」這個字以後，突然覺得她看起來病病殃殃的了。講到這裡，她情緒激動起來。

「我把罹癌的事最先告訴了爸爸。爸，我罹癌了，甲狀腺癌。您別擔心，醫生說是初期，只要做手術就沒事了。爸爸聽到我的話，立刻說，甲狀腺癌是最善良的癌，不會有事的。我也知道這種癌進展速度慢，比其他癌症更容易醫治。我知道爸爸這樣講是為了讓我安心，但在我住院期間，他只來看過我一次。他就像我得了什麼傳染病似的，離我遠遠的。姊，妳住過院嗎？人躺在病房裡，真的很容易胡思亂想。我不禁覺得爸爸只是喜歡我好的一面，只喜歡聽話的乖女兒。可是當乖女兒老了、病了，他突然害怕了。他怎麼可以這麼對我呢？現在我該怎麼活下去呢？」

她的眼淚奪眶而出。我感到很不舒服，簡直快要瘋掉。而我終究還是沒能忍住，冷冷地對她說了一句：

「我不能對別人的事指手畫腳。每個人的情況都不同，我不了解妳的父親，所以沒辦法給什麼建議。」

說完，我就找藉口起身先走了。是我的錯，要是我能再忍一下的話……我漫無目的地走在路上，莫名地覺得那個老師很討厭，也很氣憤。我不知道為什麼，但就是覺得很討厭、很氣憤，感覺像被人指責了一樣。

因為最近經歷的這些事，讓我很想暫時離開韓國，剛好補習班工作也到了續約的空窗期。雖然我很不想這麼做，但在這種情況下，能拜託的人也只有賢貞。我問她能去她那裡待一段時間嗎，她沒問原因就答應了，所以我飛去了美國。媽媽、賢貞和她的丈夫到紐華克機場來接我。媽媽什麼都沒說，給了我一個擁抱。她抱了我好久，感覺十分溫暖。那感覺就像不做解釋也能被人理解一樣。當然，那都是我的錯覺，媽媽不過是在模仿美國人罷了。總而言之，在紐澤西的那段時間，我過得非常舒心。起初，我還很擔心自己會因為丟下爸爸一個人而感到內疚，但神奇的是，離開首爾之後，我自然而然就把這種想法拋在腦後。我不禁想，那是爸爸的人生，關我什麼事？

「不然我也定居下來好了？」

聽了我的話，賢貞說這樣想就對了，還說她老公是律師，雖然不負責簽證事務，但可以介紹公司其他負責簽證的律師給我認識。一切都很順利，我感受到好似亞歷山大大帝一刀砍斷繩結時的心情。初到美國的時候是這樣的，但沒過幾天，我開始心生某種微妙的不適感。怎麼說好呢？感覺自己像在出演實境秀一樣。這不是我，我只是在他們面前演戲而已。我始終無法擺脫自己在演戲的念頭。當然，媽媽和賢貞都對我很好，兩人都對爸爸隻字不提，所以我也沒有提爸爸的事。我們一起逛街購物，去附近的公園郊遊，週末還會去紐約看表演。表面上看來，我過得十分愉快。

姊，數學不是有這種方程式嗎？例如，3x+4xy+6xyz=8，可以把x移到括號的左邊，變成x(3+4y+6yz)=8。這裡的X就是爸爸，如果把他移到括號外面，算式就會變得非常簡單，但這不表示爸爸就此消失了。妳仔細看一下，不覺得括號外面的X把大家都囚禁起來了嗎？因為賢貞和媽媽不喜歡提起爸爸，我只能自己一個人思考關於爸爸的事，然後恍然大悟媽媽和妹妹是怎麼看我的。在她們眼裡，我就是一個從名為「爸爸」的經濟落後、獨裁專制國家逃出來的難民。她們似乎覺得我有很嚴重的心理陰影，所以才閉口不談爸爸。然而，我是因為覺得她們有意迴避提起爸爸，所以才三緘其口。事實是，她們都覺得我很可憐，為我著想，所以才閉口不提。如果沒有我，她們應該會很自然地對爸爸說長道短，然後同情無法擺脫爸爸的我。雖然沒有確鑿的證據，但我的第六感很準，而且有一次，賢貞還問我想不想去見一位跟她很熟的心理諮商師。她當時的表情讓我永生難忘。姊，妳也看過那種高學歷美國白人特有的微笑吧？那種笑意味著，完美無缺的我擁有如同大海般的雅量，所以才會對可憐兮兮的妳提供這種微不足道的幫助，要不要接受幫助就看妳了，所以趕快決定吧。

「我為什麼要見諮商師？」

我用帶有挑釁意味的口氣反問，賢貞退一步解釋說：

「這種事在美國很尋常，大家稍有不適都會去看心理諮商。」

「妳也會嗎？」

「當然，心理諮商的效果很好，就像做ＳＰＡ按摩一樣，做完以後會覺得心情很舒暢。」

日常生活無比靜謐。媽媽優雅地老去，因為所有的難事都會由賢貞夫妻來處理。在這裡沒有人會用鄙視的眼神去看不結婚的女人，也沒有受年齡限制的工作。但是姊，人真的無法理解。我有說過我是老菸槍嗎？在韓國，我一天可以抽一包菸，但是到美國以後就戒掉了，因為在美國抽一根菸人難了。剛到美國那三個月，我住在賢貞家，之後自己搬出去租了一間小公寓。公寓禁止吸菸，如果被發現吸菸，要罰一大筆錢。吸菸有害健康，而且菸價很高，所以我心想不如趁機戒掉好了，最後也成功了。美國的空氣好，景色也美，我卻一直萎靡不振，總覺得這裡的一切都不屬於我，而且一直在排擠我。妳能理解這種心情嗎？到美國以後，我還戒掉了一件事，那就是對我的人生毫無幫助、讓人上癮的爸爸。因為同時戒掉了香菸和爸爸，所以我很難確定這種空虛感從何而來。由於深知戒掉他們有多難，所以我只想遠離他們。但我很想搞清楚，在沒有爸爸和香菸的人生裡，這種空虛與倦怠來自兩者中的那一方？哪一方更為致命？

得知爸爸病倒的消息時，我才恍然大悟答案是爸爸。原來他才是我人生中更大的缺憾，更難戒掉的上癮症。與媽媽和賢貞聊天，我感受到的是光明、溫暖，沒有一絲陰暗。特別是賢貞，無論聊什麼話題，她都非常有邏輯、明快，就像外語一樣。我們使用外語的時候，不是都會更理性嘛。爸爸就不同了。對我而言，爸爸是母語，感覺即使不講話也能溝通。這不是好壞的問題，而是感覺就像命運一樣。

「我打算回韓國。」

媽媽堅決地勸阻我說：

「那個人無藥可救的，妳已經盡力了，現在沒有妳能做的事情了。」與其說這句話是對我講的，不如說是媽媽對自己講的。沒錯，人生在世，我們都會把想對自己講的話說給別人聽。賢貞也很冷靜地挽留我說：

「姊，不要走，妳這是有去無返，妳會被爸爸綁死在身邊的。」

「賢貞啊，妳也和我一起回去吧。在爸臨終前，見他一面。沒事的，爸爸會原諒妳的。」

姊，妳真該看看賢貞當時的表情。她一臉無語地看著我，噗嗤笑了出來。

「妳以為我被爸爸拋棄了是吧？怎麼可能？是我拋棄他的。妳到現在還以為我因為沒有得到父愛而痛苦嗎？爸給妳的是父愛嗎？原諒？原諒什麼？需要被原諒的人不是我，是他！」

姊，有一個我很喜歡的笑話，是之前在某個日報上看到的漫畫。一個男人在聽交通臺的新聞，主播提醒大家要小心一輛在高速公路上逆向行駛的汽車。男人突然想到出差會經過那裡的朋友，於是打電話提醒他說：「喂，高速公路上有一個瘋子在逆向行駛，你要多加小心啊。」那個朋友回他說：「逆向行駛的瘋子可不只一兩個，趕快掛掉電話吧。」

大家都會給予別人忠告，然後相信只有自己知道人生的正解。朋友，你駕車行駛的路段上有個瘋子，要多加小心。可沒想到的是，接電話的朋友就是那個瘋子。然而，那個瘋子也有可能打電話給另一個瘋子。人生中，也有逆向行駛的瘋子，只是他堅信自己不是。正如那個笑話一樣，人生中會遇到的瘋子可能不只一兩個，而我就是其中之一。

現在我望著那具躺在病床上、陌生的身軀，不禁覺得我把人生都獻給了虛無飄渺的存在。我不了解這個人，但在他生命的信號熄滅、身體再也沒有任何反應的時候，也就是說，當他在醫學上被宣判死亡的話，我可能很長一段時間都會很茫然。我最近時常會想起遠在紐約的那兩個人，思考關於只有兩個人可以感受到的某種黑暗。

昨晚，我握著一隻腳踏過鬼門關的爸爸的手說：

「爸，我又開始抽菸了。」

爸爸不可能聽懂這句話，但他好像露出了隱隱的笑容。

姊，接著寫了一半的信繼續往下寫，感覺有點怪怪的。其實，我剛才寫了幾行後，又出去抽菸了。點菸的時候，我突然覺得，爸爸在嚥氣前聽到的話竟然是女兒又開始吸菸了，真的很好笑，讓我不禁笑了出來。經常在吸菸區遇到的女人跟我借火的時候，還問我是發生了什麼好事嗎。我說沒有。她又問是誰住院了，我說是爸爸，癌症晚期，怕是這兩天就要走。我可能是瘋了，說出這句話的時候一直笑個不停。女人尷尬地看了看我，然後匆忙地走開。她可能把我當成瘋女人了吧？

這時候，手機響了。不用接聽，我也知道是什麼事，沒錯，就是那個消息。我返回病房時，醫護人員已經在照程序處理了。姊，妳知道嗎？人死之後，事情反而好辦了，只要按照這個社會規定的流程有條不紊地進行就可以。哥哥從巨濟島趕回來，扮演了喪主的角色。

「賢珠啊，不是都說『活著的人要活下去』嗎？這句話沒辦法倒著說，倒過來也還是『活著的人要活下去』。」

把這句玩笑話寫在信裡，感覺很不得體，但當時這句話的確安慰了我。哥哥似乎很擔心扮演「爸爸乖女兒」的我。媽媽始終沒有露面，賢貞在出殯前趕回來了，我們這才一起在爸爸的棺材上灑了一層土。賢貞說：

「幸好趕回來了。雖然在我心裡，他早就死了，但總覺得一定要有這種儀式才行。」

辦完葬禮後，我久違地打開筆電，看到給妳寫到一半的郵件。不過是幾天前的事而已，卻感覺像時隔許久一樣。我重讀了一遍在爸爸去世那天寫的內容，突然覺得有妳真好。如果沒有妳，那瞬間的感情可能早就蒸發掉了。姊，我現在很好，不用為我擔心。我也知道，接下來是我從未經歷過的人生，但我一點也不害怕。我成了最後一個使用那個稀有語言的人，所以才會感到空虛、寂寞吧。

等我處理完剩下的事情後再聯絡妳，希望妳也健康平安。

——賢珠

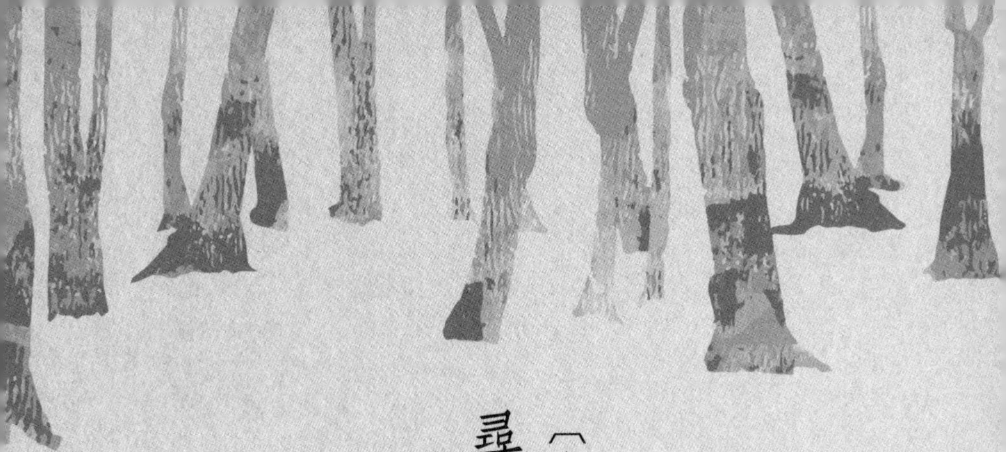

〔金裕貞文學獎〕

尋找孩子——遺失

螺絲。一名夢想成為歌手的維修技師手裡攥著螺絲，站在選秀的舞臺上。一臉稚氣的青年在熱情高歌的時候，潤澤只想著他手裡那顆小而堅固的金屬零件。如果能像他那樣手裡攥著什麼的話就好了，哪怕是一個核桃，或者是小時候文具店賣的那種玻璃球。潤澤低頭看著自己一無所有的手。

那年夏天，眼看就要過節了，週末的大賣場裡人山人海，潤澤和妻子美菈推著購物車搭電扶梯前往地下樓賣場，剛滿三周歲的兒子聖旻坐在推車上。當時的潤澤怎麼也沒有想到，這會成為自己餘生反覆回想的一個場景。在宣傳優惠活動的廣播聲中，孩子們尖叫著在推車之間跑來跑去。潤澤本想躺在家裡的沙發上看職棒比賽，但美菈，不是別人，正是美菈想去大賣場。死後讓你躺個夠！趕快起來，給孩子穿衣服！

潤澤照做了。但日後的日子裡，不知道他對美菈說過多少次，如果我沒有聽妳的話，只是躺在沙發上看職棒比賽的話，就不會發生任何事，我們仍可以生活在那棟朝南的、陽光明媚的公寓裡。每當聽到潤澤這樣講，美菈就會指責他那雙粗心大意、沒有緊緊握住、以至於讓人生的一切從指縫間溜走的手。夫妻倆在一無所悉的情況下，坐上那輛剛購買沒多久的小型SUV轎車。雖然孩子只有三歲，但已經知道大賣場，記得五顏六色的商品、可以盡情品嘗免費食物的試吃櫃檯，以及收銀檯附近觸手可及的巧克力。才一坐上車，聖旻就開始興奮了。

在停車場停好車後，美菈這才發現自己沒帶大賣場的集點卡。美菈問潤澤：「怎麼辦？不然回去拿？」無論遇到什麼事先發問已經成了美菈的習慣。如果潤澤說回家算了，美菈就會反問：「算了？但我們都來了！」潤澤為了避免這種毫無意義的問答，所以回答她：

「妳怎麼不事先準備好呢。集點卡那種東西能集幾個點，算了，進去吧。」

在停車場出口，潤澤抱起聖旻讓他坐在紅色的購物車上。聖旻揮舞手臂，開心不已。夫妻倆推著購物車跟在其他人後面走進賣場，搭電扶梯來到地下樓後，停在賣手機的櫃檯前。舊手機分期期滿後，潤澤一直打算換一部新手機，但頻繁的加班讓他一直沒能抽出時間來。「這是最新型的手機嗎？」潤澤接過店員遞上的摩托羅拉，摸了摸光滑的手機表面。雖然是塑膠材質，卻像金屬一樣堅固，還帶有冰涼的手感。店員滔滔不絕地講解道：「這部新型手機不只有備忘錄功能，還可以拍照，簡直就是萬能手機。摩托羅拉的技術水準可是世界第一的。」潤澤掀開摺疊式手機，仔細看著螢幕，鬆開了抓著購物車的右手。

聽到潤澤問「每個月要付多少錢」時，店員立刻回答他，分期二十四個月的話，可以獲得電信公司多少優惠。潤澤計算了一下。這樣的話，一個月只要付三萬多韓元，最多也不過四萬元。公寓的房貸利率從上個月開始調降，而且他最近經常加班，公司年初推出的新車大受好評，目前已經接到三個月的訂單，裝配線三班為此不停地運作。

「這手機怎麼樣？」

潤澤想聽聽美菈的意見，一邊問一邊轉頭看向左手邊，卻沒有看到人。潤澤又轉頭看向右手邊，剛才還在的購物車和坐在車上的聖旻也不見了。難道美菈先帶孩子進賣場了？潤澤把手機還給店員，四下張望尋找著妻子。就在他走進裝有防盜門的賣場入口時，妻子的聲音從背後傳來：「你去哪裡了？」美菈手裡提著化妝品的購物袋。夫妻倆四目相對的同時，表情瞬間僵住。他們望著彼此，或是更準確來說，他們的目光定格在虛空。美菈發出短促的尖叫聲，購物袋掉落在地上，化妝棉和卸妝乳從袋子裡滾出來。美菈蹲下撿起東西，然後朝電扶梯的方向跑去。潤澤問賣手機的店員有沒有看到剛才和他在一起的孩子，店員搖了搖頭。三歲的孩子不可能自己從購物車爬下來到處亂跑，一定是有人推走了購物車。美菈跑到試吃區尋找孩子，身子不停地撞到周圍的購物車。

應該有監視器吧？

潤澤和美菈跟隨保安走進的房間裡可以看到幾十臺螢幕，但那些螢幕連結的監視器只拍攝賣場內部，沒有一臺監視器在拍賣場外的臨時手機專櫃。尋找孩子的廣播已經播放了三次，但人們毫無反應。大家就像放牧的羊群一樣，若無其事地推著購物車穿行在賣場裡。美菈很想撥開人群大喊，你們為什麼不聽廣播呢？你們不是也有孩子嗎？你們也會遇到這種事啊？難道不是嗎？

當時，潤澤也在低頭看著自己的手。他不過稍稍鬆開那麼一下的手。彷彿有人在等待他鬆手，見他一鬆手就悄悄地推走購物車。為什麼聖旻沒有出聲？為什麼被陌生人帶走也不反抗呢？愚蠢將人囚禁於黑暗。在潤澤和美菈的人生中，消失的兩、三分鐘隸屬於那樣的黑暗。他們走進黑暗，互相傷害。妳這個呆頭呆腦的媽，去買化妝品也不說一聲。美菈反駁，都怪你只顧著看手機，丟下孩子不管！

夫妻倆往返於大賣場和警察局度過了那一天。夜幕降臨後，他們不得不面對心中漸漸滋生的不祥預感。也許，永遠找不回他們唯一的兒子了。

接到那通電話是在十一年後。剛下夜班回到家的潤澤還以為又是騷擾電話，而如今他已經不會為此生氣了。這世上有靠折磨別人取樂的人。不，應該說很多人都這樣。

「您的兒子叫趙聖旻吧？」

「您是看到尋人傳單打電話來的嗎？」

潤澤用空著的手脫下一隻襪子，另一隻襪子不好脫，於是他換手拿著手機，再用另一隻手脫下襪子，往牆角一丟。

「傳單？不是。請確認一下您兒子的姓名，是叫趙聖旻，沒錯吧？」

「是的，沒錯，但您是怎麼打來電話的？」

潤澤聽到電話另一頭傳來翻閱文件的沙沙聲。對方好像在一個很嘈雜的地方，他還能聽到持續不斷的電話鈴聲。

「啊，找到了。您在失蹤兒童ＤＮＡ資料庫登錄了兒子的資料吧？」

這難道是最新的詐騙手法？

「嗯，是的。聖旻，與棒球選手同名，趙聖旻。」

「雖然名字不同，但有一個ＤＮＡ一致的孩子。」

「名字不同？」

「應該是改過名字，但ＤＮＡ不會說謊，百分之九十九．九九，不會有錯的。」

「您那裡是哪裡？」

「大邱。」

「大邱？大邱的哪裡？」

「警察局。我們的警員明天會帶孩子去水原。您會在家吧？」

問我會不會在家？

「如果真的是聖旻，我現在就趕過去。」

「啊，您只要待在家裡等我們就可以了。我們的警員和孩子相處了幾日，產生感情了。她剛好明天要去水原辦事，所以打算陪孩子一起過去。」

潤澤掛斷電話，走進房間。

「老婆，好像找到聖旻了！我們的兒子還活著！」

聽到潤澤一再重複相同的話，美菈這才轉過頭來。她目光呆滯地盯著潤澤，然後又把視線轉回電視畫面。潤澤走到美菈面前，抓住她的雙肩。

「老婆。」

但美菈的眼睛好像比目魚一樣斜向了右邊，接著鎖緊眉頭，對擋住電視的潤澤發火。潤澤鬆開手，在屋子裡踱來踱去，然後又拿起手機撥電話。

「媽，是我。聖旻好像找到了。」

潤澤的母親已經在江原道山裡的祈禱院住了七年。她不敢相信兒子說的是真的。

「不、不，這次應該是真的。您也知道聖旻他媽現在的狀態。我說了，不是，她能聽懂，應該明白的。不知道，那我就不清楚了……警察會把孩子送過來。是啊，都說這次是真的了。人家也沒提答謝金的事。都說不是電話詐騙了。我打回去了，的確是警察局，說是在大邱。我也不知道他們怎麼會在那裡找到聖旻。」

為了抑制自己激動的心情，潤澤把電話拿到離臉稍遠的地方，做了一個深呼吸。

「您不用過來。這麼遠，也沒有車啊。聖旻明天就回家了，這可怎麼辦，現在連他的房間也沒有了。」

潤澤回頭，發現美菈不見了。玄關門開了一道縫。潤澤趕快穿上鞋追出去。美菈，美菈，美菈。潤澤明知道美菈聽到自己的聲音只會跑得更遠，他還是一邊喊著美菈的名字，一邊尋找她。為了抓住像山羊一樣在社區裡狹窄、陡峭的臺階上橫衝直撞的美菈，潤澤只能選擇那些捷徑。他經過幾戶往來相熟人家的大門，翻過堆放著醬缸的屋頂，朝美菈經常去的泉水池跑去。

「我老婆不喜歡關在家裡。」

雖然潤澤做出辯解，但鄰居都知道美菈的精神狀態不正常，思覺失調症也越來越嚴重。每週登門一次的社會工作師說：

「兒子走失讓她受到的衝擊不是直接原因，還有其他很多原因。」

但潤澤堅信，美菈的病是心病。如果聖旻沒有走失，她不會變成這樣。他快到泉水池的時候，附近的居民指了指美菈跑走的方向。

「剛過去，她常去的地方。」

美菈坐在泉水池北側的山坡上，眺望著首爾的方向。潤澤上氣不接下氣地抓住美菈的手臂，坐到她旁邊。

「怎麼又跑到這裡來？來這裡，開心了？」

美菈用充滿懷疑的眼神瞪著潤澤。潤澤剛想牽她的手，美菈就一拳狠狠地打在潤澤的肚子上，痛得他喘不過氣來。美菈的共感力正在急劇減退。潤澤本來想站起身，痛到又坐了下去。他彎著腰坐了一會後，才勉強開口說：

「走吧。聖旻要回家了。」

「聖旻？」

此時美菈的神智是清醒的，但這是一個既好又不好的信號。神智清醒的美菈鬱鬱寡歡且敏感，講話和反應會變得很遲鈍，眼神總是疑心很重。

「聖旻怎麼可能回來？他在哪裡？」

「明天回來。在大邱找到他的。」

美菈搖了搖頭。

「不，不可能。」

「怎麼不可能。」

「肯定又搞錯了。聖旻怎麼可能回來？他回不來，所以直到現在都沒回家。肯定是有原因的，能回來的話，他怎麼會一直不回來？」

潤澤領著美菈走下山坡。半路上，美菈又變失常了。她不想回家，掙扎著大吼大叫，還咬了潤澤的手臂，踹了他的小腿。潤澤強制把美菈推進家門，緊接著鎖上門。鞋櫃旁邊堆滿了傳單，上頭印著聖旻仰望天空、皺著眉頭的照片。

這些傳單可以概括潤澤過去十一年來的人生。他為了印傳單而工作，為了發傳單而吃飯。他每天早上在地鐵站出口抓住匆忙趕路的路人衣袖，每逢週末還會到兒童保護機構打探孩子的消息，甚至知道選舉期間的印刷廠訂單堆積如山，所以必須提早加印傳單。他家裡到處都是傳單，廁所裡，唯一的房間裡，每個角落都堆放著傳單，就連美菈用了多年的手提包裡也塞滿傳單。他們整個家看起來就像被名為傳單的蟲子一點一點吞噬了。

一開始，美菈也會拿著一捆傳單出門。潤澤是汽車公司的正式員工。為了找孩子，他連工作都辭了。美菈也辭掉書店的工作。如果早知道十幾年也找不到孩子的話，也許他們其中一人就不會辭職了。就像投資股票失敗的人會不惜再冒一次更大的風險試圖把所有損失補回來一樣，夫妻倆也把自己的一切都賭在尋找孩子上。沒過多久，他們就用光所剩不多的存款。解約保險、出售公寓後，他們又堅持了幾年。三年後，美菈賣起保險，但業績不理想。人們可以很輕易嗅出他人被無法承受的不幸擊垮的味道。失去孩子的母親變得越來越敏感。得知她的孩子走失之後，很多人爽快地在保險合約上簽了字。但不想受人同情的美菈很快就放棄這份工作，把精力又轉回發傳單上。

潤澤晚上輾轉於工地之間，做起看守材料和夜間警衛的工作。即使每天只睡不到五個小時，他也沒有任何怨言。他每天早上會像進行宗教儀式一樣，出門發傳單，每逢週末就開著那輛破車到全國各地打探孩子的消息。美菈找遍了孩子走失的大賣場附近那一片住宅區。經營照相館的朋友每年會用 Photoshop 幫忙製作孩子逐漸長大後的模擬照片，但照片毫無真實感，看起來就像遺照一樣。好幾次，警察接到孩子母親報警，把在兒童遊戲區觀察孩子的美菈帶回警察局，之後看到尋人傳單才化解誤會，但也有被一口咬定是誘拐犯的時候。有一天，美菈認為某個在遊戲區玩耍的孩子就是聖旻，走到孩子面前問了孩子的住址和名字，還突然一把抓住了孩子的脖子。剛好一位養樂多媽媽經過，立刻上前質問美菈在做什麼。孩子的母親接到警衛打來的電話，匆忙趕來。最後是潤澤跪在孩子母親面前連連道歉，並保證再也不會讓美菈出現在公寓社區裡，這才把人帶回家。

一年後，美菈爬到公寓遊戲區的溜滑梯上，坐在上面用傳單摺起了紙飛機。之前美菈生怕弄髒傳單上孩子的臉會不吉利，連捲都不敢捲一下，甚至看到有人把傳單揉成一團丟進垃圾桶時，還會上前跟人吵架，所以潤澤始終不敢相信她會用傳單摺紙飛機。

潤澤就業的第一年，在朋友的介紹下認識了美菈，對美菈的第一印象是害羞、內向。被阿姨帶大的美菈，高中畢業後就到書店工作。現在回想起來，交往時的美菈其實就有點怪怪的。她會很在意別人講的話，過度擔憂無關緊要的事，還深信書店的同事排擠自己，都在私底下講自己的壞話。無論潤澤怎麼勸解她，都無濟於事。潤澤沒有談戀愛的經驗，還以為女生都會有美菈這樣的情緒起伏。

兩個女人來找潤澤，其中一名是警察，另一名是社會工作師。潤澤探頭看了一眼後面，但沒有人跟在後面。起初他還以為這兩個女人是來傳教的。潤澤把她們帶到堆滿了傳單的客廳兼廚房。他故意沒有整理房間，因為想讓兒子看看這些年來父母過著怎樣的生活。

「聖旻呢？出什麼事了嗎？」

潤澤問。

「請放心，孩子現在在車裡。」

「為什麼不帶他進來……」

警察拿起身旁的傳單。

「我們知道您找孩子找得很辛苦。」

潤澤遞上各種設計的傳單。社會工作師接過傳單仔細看了看。

「有時候，我們會遇到故意遺棄孩子後、報警說孩子走失的家長，因為他們沒有條件撫養孩子，或是……」

潤澤也看過這樣的新聞。一個女人為了再婚而故意遺棄孩子，但後來回心轉意報了警。孩子透過二〇〇五年後導入的DNA資料庫找到了生母。女人這才坦白是自己遺棄了孩子，並懇求孩子的原諒。想到有很多這樣的案例，潤澤便也理解了警察為什麼堅持要親自從大邱送聖旻過來。

「我們當時的生活條件很好，養得起孩子。」

潤澤報上自己過去服務的公司名稱，那是一家首屈一指的汽車公司。

「我是正式員工，當時聖旻的媽媽也有工作。」

「不，我不是這個意思。不好意思，讓您誤會了。」

社會工作師開口說：

「在與孩子見面之前，您最好先了解一下情況。」

「聖旻有什麼問題嗎？」

「要說問題也是問題，那個……您最好先了解一下過去十年來孩子是怎麼長大的。」

難道誘拐犯用狗鍊拴住孩子，一直把他關在地下室裡嗎？

「沒事的，這些慢慢了解就好。我和他媽都健在，有什麼好擔心的，先讓我見見聖旻吧。」

社會工作師悄悄地觀察著屋內景況。

「您太太去哪裡了？文件上說聖旻的母親也住在這裡。」

「那個……她有事出去了，馬上就回來。」

潤澤注意到兩個女人交換了一下狐疑的眼神。兒子時隔十一年才回家，家裡卻看不到孩子的母親。

「難道是家庭關係有什麼變動嗎？」

「沒有，我和聖旻的親生母親還是夫妻，我們過得很好。我們一直都在苦苦地尋找孩子。她只是暫時出門……」

略顯性急的警察打斷潤澤說：

「聖旻被綁架，換句話說，是被誘拐走的？」

「當然了。孩子不可能自己從購物車上下來。」

但當時的警方認為，孩子也有可能是自己從車上爬下來走丟的，考慮到根本沒有接到誘拐犯要求贖金的電話。

「嗯，也是，但是……」

「但是什麼？」

「聖旻是在完全不知道自己被誘拐的情況下長大的。」

潤澤也想過這種情況。雖然按韓國的年齡算法他是三歲[2]，但其實當時的聖旻還不到兩歲。這種情況的確是有可能的。

「誘拐犯是什麼樣的男人？」

潤澤問道。

2 韓國的傳統年齡計算方式，出生時就是一歲，到了每年一月一日又增加一歲。但南韓政府在二〇二二年宣布廢除這種傳統算法，將採國際標準計算年齡。

「不是男人，是一個五十多歲的女人，事發當時是四十歲出頭。」

潤澤沒想過誘拐犯會是女人。

「你們是怎麼逮捕到她的？」

「不是逮捕。她自殺了。最先發現屍體、打『一一九』報案的人是鍾赫。」

「鍾赫？」

「啊，鍾赫就是聖旻。我們抵達現場後發現了很多抗憂鬱藥物，驗屍結果也證實是自殺，而且還留下一封親筆寫的遺書。她說把別人的孩子領回家沒有撫養好，覺得很愧疚，希望能把孩子送回親生父母的身邊。遺書上的誘拐地點和日期與你們報案的內容是一致的。」

警察把遺書影印本遞給潤澤。看到向孩子的父母請求原諒的句子時，潤澤感到胸口十分憋悶。這是能求得原諒的事嗎？

「聖旻一直以為她是自己的親生母親。」

社會工作師安慰潤澤說道。潤澤卻像突然覺得很冷一樣，下巴不由自主地顫抖起來。他做了一個深呼吸，努力讓自己鎮定下來。警察接著說：

「孩子現在受到很大的衝擊。他親眼看到以為是親生母親的人自殺了，光是這件事，孩子就要接受長期的精神科治療。雪上加霜的是，他還發現了自己是被誘拐的，所以現在幾乎處在恐慌的狀態。這幾天，我一直陪在他身邊，這才讓他的情緒穩定下來。但孩子還小，很難接受現實，受到這麼大的衝擊後，又要適應陌生的新環境，所以您也得理解一下孩子的心情。」

「這裡怎麼會是陌生的環境？這裡有他的親生父母，沒什麼好擔心的。聖旻回到我們身邊，肯定很快就會恢復過來的。」

「環境突然改變……大人也很難適應的。拜託您一件事，請暫時不要追問聖旻過去的事，也希望您能坦然接受現實。」

警察遞過名片後，社會工作師也遞上了名片。潤澤看了一眼。原來社會工作師是來自這一區。這兩人不可能都是從大邱趕來，看來是警察提早抵達後，與這一區的社會工作師見面商議了聖旻的問題，然後交代她後續要留意觀察。兩個女人正要離開的瞬間，玄關門突然開了。只見美菈哼著歌衝進家門，手上戴著路上撿來的幾十根髒兮兮髮圈，好像手鍊一樣。她看到兩個女人，嚇了一跳，立刻退到門外。潤澤趕快衝出去抓住美莅。極度厭惡被人管束的美莅突然像隻掉進陷阱的野獸一般，一邊掙扎一邊發出嗷嗷的怪叫聲。放手，放開我，你這個豬崽子，混帳東西，放開我，我叫你放開我。潤澤好不容易把美莅推進房間，撥了一下她凌亂的頭髮，說道：

「她是聖旻的媽媽，因為壓力太大……」

兩個女人像突然遇到風沙襲來一樣，緊閉著嘴，皺著眉頭觀察美莅半天，然後對視了一眼。看到警察作出決定、點了點頭，社會工作師這才開口對潤澤說：

「那我們去把孩子帶過來。」

潤澤僵在原地。這些年來，他就是為了等待這一刻而活的，此時卻一點也不興奮和激動。那兩個女人、瘋掉的妻子和眼前的狀況，這一切都讓潤澤覺得很不現實。難道說等一下她們帶來的孩子就是這種超自然假象的證據嗎？父母不是都有直覺的嗎？怎麼沒有做一場預知夢，也沒有任何徵兆，聖旻就這麼回來了？這可能嗎？

過了一會兒，兩個女人連推帶拉地把一個快要長出鬍子的孩子帶來了。孩子怯生生的，不肯把腳邁進玄關。面前的孩子與思念的聖旻截然不同。他沒有一處長得像夫妻倆的地方，與他們長期以來發的傳單上的孩子也相去甚遠。傳單上的孩子長著肉嘟嘟的臉頰，有著溫和眼神，就像電視劇裡的童星一樣可愛。但眼前的這個孩子眼神凶巴巴，而且胖到有小腹，看起來既貪婪又沒有耐性。潤澤可以肯定的是，如果走在大街上遇到這個孩子，也認不出他就是聖旻。即便是這樣，潤澤還是衝過去握住了孩子的手。

「你就是聖旻？不記得爸爸了嗎？我是爸爸啊。」

孩子迴避潤澤的視線，努力壓抑著情緒，同時不停斜眼看向警察。警察溫柔地推了一下孩子的背，輕聲說：

「鍾赫啊，他是你的爸爸，快進去吧。」

拖著大行李箱的孩子脫下球鞋，走進了房間。潤澤接過警察遞出的文件，看也沒看就在上面簽字。警察回頭看了好幾眼，這才離開。潤澤隱約看到她的眼眶紅了。兩個女人前腳剛走，潤澤立即鎖上門，接著急忙握住聖旻的手，但孩子很不自在，把手抽回去背在身後。美菈走了出來，一臉疑惑地看著他們。潤澤帶著一絲美菈能恢復正常的希望，把孩子領到她的面前說：

「聖旻啊，她就是你媽，還記得吧？」

孩子一臉不知所措的表情，垂下了頭。聖旻彷彿這次才是真的被誘拐了一樣，環顧起四周。美菈打量了孩子一番，然後漠不關心地移開視線。她打開電視，一屁股坐在電視機前，近到鼻子都快貼在螢幕上。孩子不停斜眼偷瞄著屋子的每一個角落：年頭已久的壁紙又黑又髒，長滿了黴菌；橫跨在屋內的曬衣繩上掛著還沒晾乾的內衣。

「我們之前不住在這裡。你記得吧，我們住在公寓。那時候，你已經會講話了。我們家朝南，採光很好的。」

潤澤從壁櫥裡取來最一開始印的傳單。

「這是你，還記得嗎？」

聖旻看著傳單上的自己，勉強地張開嘴說：

「那，那個。」

「怎麼了？」

「廁所在哪裡？」

孩子講話帶有慶尚道口音，潤澤不禁覺得兒子更加陌生了。潤澤為孩子拉開廁所的塑膠活動拉門，看到孩子走進散發霉味的狹小廁所時皺起了眉頭。潤澤臉紅了。這些年來，他把重新貼壁紙、修繕房子和做健康檢查等等的事都推到找回聖旻之後，所以各種問題堆積如山。他既沒有時間，也沒有經濟條件，傳單印刷費和汽車的油錢也是只升不降。

潤澤等著聖旻從廁所出來。他有很多話想對孩子講，卻不知從何說起。如果聖旻問他的話，他可以講上幾天幾夜，但聖旻似乎一點也不好奇。潤澤感覺肚子一陣刺痛。他腸胃不舒服已經有半年了。上次正常排便已經不知道是多久以前的事，期間不是腹瀉就是便秘，偶爾還會有血便。同事勸告他，這都是因為壓力過大，腸子對壓力非常敏感。這種時候，潤澤就會回說，誰讓我過得生不如死呢。

已經三十分鐘過去，但孩子還沒出來。潤澤不安起來。

「聖旻，聖旻啊。」

沒有回應。

「聖旻，聖旻，你在裡面做什麼呢？」

依舊沒有回應。該不會是逃走了吧？潤澤明知廁所沒有窗戶，根本不可能發生這種事，但還是忍不住胡思亂想起來。他一把拉開拉門，只見孩子光著屁股坐在馬桶上抽泣著。聖旻看到潤澤，立刻轉過頭去。潤澤拉回廁所門的時候，聽到孩子喃喃的聲音。

「媽……」

潤澤知道孩子找的不是坐在電視機前看動畫電影的美菈。屏住呼吸抽泣的孩子最終還是放聲哭了出來，媽媽，媽媽，媽！潤澤摀住耳朵。他走到正在看電視的美菈身後，抱住了她，但美菈喊癢，咯咯笑著在地上打起了滾。拜託，妳不要動，安靜一下好不好。美菈還是覺得癢、用力掙脫的時候，手肘撞到了潤澤的下巴，痛得他快流出眼淚。潤澤仰面朝天躺在地上，看向堆放在房間每一個角落的成捆傳單。他隨手拿來一張，望著上面自己尋找了十年的孩子。比起在廁所裡哭泣的孩子，傳單上的孩子更讓他覺得親切。一定是哪裡出了問題，才會突然冒出一個非常奇怪的孩子。

潤澤想起很久以前看過的電影《回到未來》，主人公重返過去，見到了未來將會生下自己的母親。現在潤澤的情況剛好與電影相反：他從十一年前的過去被突然丟到了未來，而且是孤身一人。在未來，只有瘋掉的妻子和不把自己當成父親的兒子，而且兩個人都不記得自己了。潤澤用聖旻的視角又觀察了一遍家中的每一個角落。在他的眼裡，這個家也很陌生、詭異。壁紙如同被燙傷的皮膚一樣脫落下來，到處都貼著膠帶，勉強黏接著破舊與破舊。在這個奇怪的未來，我要履行怎樣的使命呢？我到底該做什麼呢？在如同永恆的過去十年間，潤澤很清楚自己的義務是找回走失的兒子。在那個明確且沉痛的使命面前，一切都可以讓步。他們夫妻倆放棄了舒適的家與職場，就連夫妻關係也消失了，名為「孩子失蹤」的黑洞吞噬了一切。但隨著時間拉長，這樣的生活也變成了日常，即使是在徹夜工作下班的凌晨，他只要拿著傳單走到地鐵站口就會重獲力量，甚至還能與發放免費報紙的人開幾句輕鬆的玩笑。在公司，了解潤澤情況的同事會幫他分擔重活。十年來，潤澤一直以「失蹤的聖旻的爸爸」這個身分活著，但那樣的生活眼看著就結束了。遺憾的是，潤澤已經習慣不幸，所以失去了感受某種類似幸福的感情。

從明天開始要做什麼呢？潤澤突然意識到自己從未認真地思考過這樣的問題。因為之前一直想的就只是找回孩子、找到聖旻，所以從未考慮過之後的事情。而且他覺得，只要解決了這個問題，就連美菈的退化性思覺失調症也會痊癒。

活在無法承受的痛苦之中，連他自己也不知道是怎麼熬過來的。真正無法承受的瞬間似乎是現在。潤澤想起一篇馬拉松選手的報導，關於一名選手因判斷失誤而穿過捷徑，最後在取得第一名後被取消了獎牌。當與期待完全不同的結果在終點等待我們的時候，那是誰的錯呢？潤澤聽著從廁所傳出的抽泣聲，思考著這件事。這一切到底是從哪裡出了錯？為什麼會變成這樣？是提議要去大賣場的美菈的錯嗎？還是要怪粗心大意、鬆開手的自己呢？是去化妝品專櫃買卸妝乳的美菈的錯嗎？夫妻倆互相埋怨，斥責對方，爭吵探試著彼此隱藏的無意識，進而闖入危險地帶。都怪妳不想生孩子，所以才換我替妳受懲罰！每當美菈大吼大叫，潤澤就會重提她一度考慮墮胎的事。不想要孩子的人是你！天天拿工作當藉口，執意晚點再要孩子的人不是你嗎？就這樣，最初的幾年在你爭我吵中過去，之後的日子裡就只剩下心灰意冷和冷嘲熱諷。但傳單依舊連結著他們彼此，而發傳單既是宗教式的象徵，也是一種儀式。每個月都會去的印刷廠是他們的教會，傳單就是忘記現世的痛苦、引導他們走向天堂的福音書。只是在這段期間，美菈的病情越來越嚴重了。

聖旻幾乎不講話，一整天只是呆坐在家裡玩自己帶來的遊戲機，嗶嗶的電子音響了一天。再不然就是一直坐在角落，把頭埋進膝蓋。無論問他什麼，他只是勉強地回答一句，好像偶爾還會躲進廁所哭泣。潤澤給他煮飯，他也吃得很少，買來杯麵才肯全部吃光。

潤澤給工地主任打了電話。

「主任，我們找到聖旻了。嗯，是的，謝謝。多虧了大家幫忙。啊，那個，今天我得待在家裡陪孩子。工作日誌在抽屜裡，嗯，沒錯。今天我得陪孩子睡覺。對不起了。」

單間房裡，三個人躺下後，就沒有下腳的地方了。潤澤覺得很難為情。聖旻堅持要穿著T恤和牛仔褲睡覺，在廁所玩水的美菈穿著睡衣出來時，看到聖旻，嚇到蜷縮起身體。

「沒事，是聖旻，聖旻。」

但美菈還是嚇得躲到角落，蹲在地上。聖旻臉紅了。無論潤澤怎麼叫美菈，她都不肯進被窩。感覺稍有一點不慎，她就會穿著睡衣跑出去。

「他到底是誰？」

美菈壓低聲音問。

「要我講多少次？是聖旻啊。」

潤澤放棄了說服美菈，強行把她拉進被窩。

「睡覺怎麼不摘髮夾呢？」

聽到潤澤的嘮叨，美菈立刻噘起嘴。潤澤關燈後，躺在美菈和聖旻中間。潤澤因為養成夜裡不睡覺的習慣，所以睡不著，聖旻則是因為陌生的環境。只有美菈跟往常一樣，縮著身體很快進入了夢鄉。

拂曉時分，天色漸漸轉亮。潤澤睜開眼睛，聖旻在一旁翻來覆去。顯然孩子也醒著。

「聖旻啊。」

聖旻停止翻身。

「那裡有你的房間嗎？」

「嗯。」

「是喔，大嗎？」

「嗯？」

「房間大嗎？」

聖旻點了點頭。

「也有床？」

聖旻又點了點頭。

「肯定也有書桌囉？」

「嗯。」

潤澤想像著那個誘拐犯，那個沒有受到任何懲罰、自己了斷性命的女人。她誘拐了別人家的孩子，還給孩子準備了房間、床和書桌。憂鬱症是誘拐的原因，還是結果呢？

「還有電腦。」

潤澤沒問，但聖旻突然開口說。

「但是被警察拿走了。」

「是喔。」

「你可以幫我要回來嗎？」

「我給你買一臺新的。」

「……」

之後無論潤澤問什麼，聖旻都沒有回答。他以為孩子睡著了，於是也闔上雙眼，但聖旻還是不停地翻來覆去。

「我會打聽一下房子的事，但妳媽這樣，也不知道有沒有人願意租房子給我們。」

潤澤等待著睡意來襲，卻始終無法入睡。他聽到孩子發出的嘆息聲。

星期五回家的聖旻就這樣度過了週末。潤澤覺得就像把一隻小野獸關在家裡，心煩意亂得簡直快要瘋了。他不知道該從何問起，也不知道應該和孩子聊什麼。雖然自己是孩子法律上的父親，但事實上，他從沒扮演過這種角色。

「我覺得自己好像變成了誘拐犯。」

潤澤對希望超市的老闆說。老闆是有過八次前科的黑社會分子。

「畢竟變了一個新環境嘛。剛進監獄的那些傢伙也這樣。媽的，誰都無依無靠，嚇死個人。人都這樣，都膽小，都是嚇出來的。」

「你們怎麼對待那些新來的？」

「一頓毒打，打得他們不醒人事，蒙上毯子一頓踹，亂掄棍子，把腦袋塞進馬桶裡……」

老闆越說越興奮，但說到一半停了下來。

「我不是讓你這麼對聖旻啦。唉，我也不知道。總之，恭喜你找回孩子了。」

臨走時，超市老闆還多塞了一根香腸，說是給孩子的。潤澤走出超市，以全新的視角觀察起這一區的房子。坡路狹窄的小巷兩側擠滿了令人窒息的多戶住宅。

早些年，做房地產生意的人蓋了這些偷工減料的獨棟住宅，不知不覺間這些住宅都被改建成出租屋。一棟住宅可以租給兩、三戶人家，最多的時候，能租給九戶。潤澤租的房子如果不是市政府的土地，說不定也早就改建了。這棟房子蓋在路邊，屬於違章建築，所以屋主才沒有改建。但眼看這一區也要面臨都市更新，潤澤也不得不再另找住處了。雖說能領到一筆賠償金，但那點錢在這一帶已經找不到地方住。夫妻倆賣掉公寓，搬離首爾來到京畿道，如今看來只能搬到更遠的地方。房租固然是問題，但更大的問題是沒有肯接受美菈的房東。如果潤澤坦白告訴房東，妻子的精神不太正常，所有人都會搖頭拒絕他，無論潤澤怎麼解釋也沒用，因為人們始終認為思覺失調症患者一定會殺人或放火。陪潤澤找房子的仲介說：

「不如先把您太太送進精神病院，等搬完家再把她接回來。」

由於這種提議太過誘人，潤澤反倒向仲介發起了火。因為他知道一旦把美菈送進精神病院，就再也不會接她出來，而且支撐自己的那一套有如迷信的信念也會就此崩潰。潤澤抱持著一種非理性的信念：如果送美菈進精神病院，就會永遠找不回聖旻。它甚至還延伸出另一種信念：只要找回聖旻，美菈就會痊癒。在旁人眼中，潤澤是在照顧瘋掉的妻子，但事實上，他也是在依靠精神失常的妻子。就像他明知道沒有用，但每天還是會出門發傳單一樣。對潤澤而言，美菈就好比是沙漠商隊的駱駝，無需與牠共享目標與希望，就算不言不語、不笑也沒有關係，只要駱駝活著就好，直到穿越沙漠為止。如果沒有美菈，潤澤一個人要如何面對這可怕的沙漠地獄呢？

星期一，為了辦理孩子的轉學手續，潤澤帶聖旻去了學校。如果有正常上學，聖旻應該是國中生了，但他還在念小五，因為誘拐聖旻的女人在繳完罰金[3]後，謊報了孩子的出生登記。

學校的女校長比想像中還要年輕，同行的社會工作師為她講解了聖旻的特殊情況。校長公事公辦，冷靜地應對著眼前的狀況。雖然她的態度很親切、鄭重，但要接收一個教人頭痛的孩子，她還是難掩不悅之情。潤澤一身體力勞動者的寒

3 法律規定沒有在孩子出生後的幾日內進行登記將必須繳納罰金。

酸打扮多少影響了校長的看法：低收入階層家的小孩，父親忙於工作，母親精神失常，肯定沒有餘力照護孩子，再加上孩子有被誘拐的經歷，可以說所有問題都集中在這個孩子身上。校長開門見山地說，很擔心孩子難以適應新環境，既然如此，不如考慮直接送進國中。

「孩子的年齡也大了，雖然他的情況特殊，但近來也有很多從國外回來的孩子，我覺得可以變通處理這件事。孩子的頭腦靈活，很容易適應。最近不是也有很多家長送孩子出國提早接受教育嘛。但不管怎麼說，還是要尊重孩子的想法。」

校長看著聖旻問道：

「聖旻啊，你想怎麼做？是想跟小兩歲的朋友繼續念小五，還是辛苦一點，按你的年齡去念國中？」

看到聖旻猶豫不決，社會工作師插話說：

「孩子會不會太有壓力啊？」

「最近的孩子哪有不接受超前教育的，也沒有人跟不上學校的課程。聖旻啊，你在大邱也上補習班吧？」

聖旻點了點頭。

「您看，這年頭哪有人不送孩子去補習班。」

校長看向潤澤。潤澤不知道她那種眼神是什麼意思。是叫他自己做決定嗎？社會工作師和聖旻也看向潤澤。看來大家都在等他決定，但潤澤根本無法做出決定。這是他第一次扮演家長的角色。校長問聖旻：

「聖旻啊，你想怎麼做？你的想法很重要。」

聖旻看了看周圍人的眼色，開口說：

「我不知道。」

潤澤還以為學校會做一些簡單的學科能力測驗，再拿測驗的結果強制他們做出選擇，但眼下什麼也沒有。依照法律，若潤澤堅持，聖旻是可以就讀這間國小的。潤澤開始手心冒汗，不知該如何是好。這幾天都沒跟孩子正式談過，怎麼會知道他的想法呢。況且他連孩子聰不聰明、會不會乘除法都不知道。在沒有任何資訊和交流的情況下，潤澤必須做出決定孩子命運的重大決定。雖然他在法律上是孩子的監護人，但其實他與校長、社會工作師沒有什麼不同。潤澤尷尬地把手放在聖旻的肩膀上問：

「你想怎麼做？」

聖旻抬頭看向潤澤，眼神帶著失望。最終，聖旻自己做了決定。

「我想念國中，因為國小的桌椅太小了。」

校長露出喜出望外的神情。

「好吧，既然當事人經過深思熟慮做出決定，我們就應該尊重孩子，畢竟在民主國家本人的意願才是最重要的。你的想法是對的，只要聽老師的話，認真複習功課，很快就能跟上進度。」

但這時，坐在一旁的教務主任對校長說了一句悄悄話。校長聽了後，臉色立即沉下來。教務主任拿著手機走到門外，稍後走了回來，又對校長說了一句悄悄話。校長聽了後，起身說道：

「我要去開會了，先告辭。詳細的情況，教務主任會向你們說明。」

教務主任的話與校長不同。他向教育廳諮詢的結果是，無論孩子有什麼特殊情況，沒有完成國小學業前都無法升上國中。也就是說，聖旻必須繼續念小五。

潤澤和聖旻走出校長室。

「餓不餓？我們去吃炸醬麵吧。」

「可以吃披薩嗎？」

孩子小心翼翼地表達了自己的想法。

「你喜歡吃炸醬麵的。」

「我是喜歡吃炸醬麵，但更喜歡吃披薩。」

因為油膩的關係，潤澤吃不了披薩。他走進附近公寓商店街裡一間位於一樓的中餐廳，小腹再次傳來一陣刺痛。潤澤心一橫，又點了一盤糖醋肉。兩碗炸醬麵，一盤糖醋肉。但是孩子只吃炸醬麵，一塊糖醋肉也沒動。

「那女的經常給你買披薩吃嗎？」

孩子緊閉雙唇，一句話也不講。

「她是什麼樣的人？沒有欺負你嗎？」

孩子用抗議的眼神瞪著潤澤，稍後垂下了視線。

「跟別人家的媽媽一樣，偶爾也會念我。」

「聽說她有憂鬱症？」

「什麼是憂鬱症？」

「整天不講話，還會亂發脾氣。」

「偶爾吧。不清楚，因為我都在學校和補習班。」

「沒有男人嗎？」

「男人？」

「住在一起的男人。」

「為什麼這麼問？」

「問一下也不行嗎？警察說，那女的一個人撫養你，你都不覺得奇怪嗎？別人都有爸爸，你卻沒有。」

「她說爸爸死了。我出生的時候，他出車禍死了。」

「那她靠什麼維持生計？總得有份工作吧？」

「我媽……不。」

孩子意識到自己講錯話，趕快閉上嘴，看了看潤澤的臉色。

「沒事，你說。」

「她是做護士的，在大學醫院。」

原來是護士。

「那個……」

聖旻還沒有叫過潤澤爸爸。

「怎麼了？」

「說實話，我還是不相信那個警察阿姨講的話。」

「嗯？」

「我真的是被誘拐的嗎？」

盯著天花板的潤澤轉而看向聖旻的雙眼。

「肯定是搞錯了，她不是那種人，真的。」

聖旻咬住嘴唇，強忍著眼淚。潤澤視而不見，回答說：

「不會錯的。警察不是都說了，已經幫我們做過ＤＮＡ親子鑑定。ＤＮＡ，你的ＤＮＡ與我們保管的ＤＮＡ是一致的。你不知道什麼是ＤＮＡ？」

「不知道，我不知道，我怎麼會知道什麼是DNA。叔叔，你知道嗎？」

不知道。我既沒見過，也沒摸過。它就像基督教說的靈魂一樣，存在於我的體內。從前，我也對這種每個人與生俱來的東西一點都不感興趣，直到失去了你，我才爬在家裡的地上撿起你褐色的毛髮，思考起DNA這東西。它讓我相信，也許透過它可以找回我的孩子。結果，你真的出現在我的面前了。但我覺得你好陌生，你也是如此吧？如果我們在你的嬰兒服上找到的毛髮，與從你的口腔刮取的細胞的DNA一致的話，就證明這是來自同一個人。我們應該相信它，一定要相信它，只能相信它。但是，為什麼我們看不見它呢？

*

潤澤接到工地主任的電話。主任說，雖然理解他的處境，但夜班工作不能再放著不管了。潤澤讓聖旻坐下，對他說：

「爸爸晚上要去上班，你要好好照顧媽媽。」

聖旻瞥了一眼正在睡午覺的美菈。

「她偶爾會跑出去，你問周圍的鄰居，大家就會告訴你她去哪裡了。她沒有交通卡，搭不了公車。她都用走的，所以很快就能找到人。」

「她是不是應該去精神病院啊？」

「妳媽沒病。」

聖旻一臉費解的表情看著潤澤。孩子的表情彷彿在問，她這樣是沒病嗎？

「因為你，因為失去了你，她受到很大的打擊才變成這樣。你媽很快就會好起來的。如今你回來了，我們的兒子回家了，一切都會好起來的。你乖乖在家用功讀書就好。」

「沒有電腦怎麼讀書。」

「現在有點困難，等過段時間就給你買電腦。」

「我去網咖吧。」

「那你媽怎麼辦？」

「沒有我的時候，你都怎麼辦？」

「反鎖在家裡。」

「那我出門的時候，把門反鎖不行嗎？」

「不行。留她一個人在家，萬一起火了怎麼辦？」

「你不是說之前都這樣做的嗎？」

「我們是一家人，一家人要互相照顧。」

「我需要電腦。」

「電腦、電腦，你就只知道要電腦！」

潤澤忍無可忍，最後還是提高了嗓門。美菈被講話聲吵醒，起來後東張西望地說：

「唉，吵死人了。」

美菈指著聖旻問：

「他怎麼不回自己家呢？嗯？」

「他是聖旻，我們的兒子聖旻！」

美菈不相信。不能再耽誤時間了，潤澤走出家門。臨走前，他又叮囑了一遍聖旻，讓他好好照顧媽媽。

聖旻跟在家裡走來走去的美菈搭話，小心翼翼地說：

「那個，阿姨。」

美菈沒理他，不停地踱著步子。聖旻換一個方式叫美菈：

「媽。」

美菈突然停了下來，也許是耳熟的聲音刺激到她大腦的某個神經。美菈一屁股癱坐在地上，從衣櫃下面抽出一張傳單，一臉憂鬱的表情盯著聖旻小時候的樣子瞧。聖旻稍稍鼓起了勇氣。

「那個，請給我一點錢。」

美菈愣愣看著聖旻。孩子又再鼓起勇氣說：

「媽，請給我一點錢。」

見聖旻靠上前，美菈起身往後退了一步。

「混帳東西。」

美菈破口大罵：

「你這個混帳東西，豬崽子，狗崽子。」

美菈不僅莫名其妙罵起髒話，還向聖旻吐起口水，呸、呸、呸，跟著突然轉身打開冰箱門。看到美菈胡亂抓起東西往嘴裡塞的樣子，聖旻跑出家門。他漫無目的地走在小巷裡，一直徘徊到夜深。一則傳聞在國小生之間傳開了。據說附近出現一個拿著磚頭亂走亂晃的瘋子，口音很怪，一口慶尚道腔。

在找回聖旻後短短兩個月裡，潤澤被叫到警察局三次。一名國小生被聖旻用磚頭擊中頭部，導致後腦勺骨折重傷。

「這樣會死人的，你這個瘋子！」

聖旻一臉呆滯地坐在警察局的拘留室裡，潤澤衝著孩子大吼。回到家以後，兩個人再也沒有交談過。美菈的思覺失調症越來越嚴重，根本沒有好轉的跡象。從那時起，潤澤每天都在思考著自殺。人生的目標已經消失了，似乎從一開始就不存在任何的意義。

「如果我死了會怎麼樣？」

潤澤問正在看電視的美菈。

「吵死了。」

美菈的反應一如既往。潤澤在夜班工作的工地尋找過上吊的東西。工地是具備上吊最佳條件的地方，到處都是繩子和鋼梁，甚至不會有妨礙自己做出衝動之舉的人。只要把電線牢牢地拴在鋼梁上，再把打好的結套在脖子上就大功告成了。那天晚上，如果沒有接到那通電話，隔天一早來上班的同事就會發現潤澤懸掛在鋼梁上的冰冷屍體。警察打來電話說，您太太在山上失足遇難了，希望您能來確認一下身分。

躺在停屍間的女人的確是美菈。聖旻去網咖的時候，美菈砸碎了廚房一側的門鎖跑出去，在山裡徘徊時不幸失足遇難。時隔多年，美菈的家人終於肯露面。在沒有弔客的靈堂前，潤澤無禮地質問起岳父和小舅子：

「你們都在等著聖旻他媽死，是不是？為什麼現在才肯露面？為什麼？」

岳父說了一聲對不起，潤澤又追問有什麼好對不起的。聽到岳父說，怪只怪自己沒有教育好女兒，潤澤徹底惱火了。

「爸，聖旻他媽有什麼錯？美菈什麼錯也沒有。如果有錯的話……」

潤澤講不下去了。如果有錯的話，也是聖旻的錯。從他出生，到被陌生的女人帶走也不哭鬧，如今好不容易把他找回來，卻不好好照顧他媽。因為這些話講不出口，所以潤澤閉上嘴。小舅子揪住潤澤的衣領，把他拖出了靈堂。

潤澤坐在靈堂等兒子，傳了幾十則訊息給他，想必他也該知道自己的親生母親死了吧。但直到葬禮結束，始終只有潤澤一個人。美菈火化後，潤澤把骨灰裝進骨灰罈帶回家。不知為何，他始終覺得美菈不想離開這個堆滿了傳單的家。

聖旻在美菈出殯後回來了。看到憔悴不已的兒子，潤澤稍稍緩解了難受的心情。

「你去哪裡了？」

「大邱。」

「去大邱做什麼？」

「我想起了去世的媽媽，那裡有追思園。」

「媽媽？什麼媽媽？你媽沒死在大邱，而是死在這裡了。你去網咖的時候，你媽死了。」

「為什麼怪我？」

聖旻瞪大雙眼，抬頭看向潤澤。

「竟然問為什麼？」

「這又不是我的錯。是我想被誘拐的嗎？是你們疏忽大意，才害我被人帶走的啊，為什麼現在怪起我來了？」

「要怪都怪那個誘拐犯，那個女人，你叫她媽媽的人，是那個瘋女人害得我們家破人亡。」

「過去的事怎麼改變？不管是誰的錯，發生的事已經發生了，就這麼活下去不行嗎？」

「就這麼活下去？怎麼活？那女的死了，你也回不去了，你只能住在這裡。」

「我討厭這裡。」

「那你想怎樣？」

聖旻環視了一圈堆滿傳單的房間，屋裡散發著濃濃的霉味。孩子毫不掩飾自己對這個家的厭惡之情，甚至希望潤澤感受到這種厭惡之情。

「我就是很討厭這裡。」

「那這樣好了。」

在家鄉，潤澤有父親留給他的房子、土地和一個小倉庫。但為了尋找孩子，潤澤把房子和土地都賣掉了，現在只剩下一個小倉庫。潤澤心想，把倉庫改建一下也是可以住的，而且家鄉還有親戚可以幫忙照顧孩子。為了重新開始，不如返鄉靠種田為生？

「反正什麼事都是你說了算，隨便你。」

幾個月後，潤澤帶著聖旻回到家鄉，在倉庫的地板下面安裝了地暖，廚房該有的設備也都準備齊全。雖然這是違章建築，但鄉下地方沒有人來管。潤澤在後山租了一塊地，種起了香菇。種香菇賺不了什麼大錢，但鄉下生活開銷不大，所以比起在城裡，兩人過得綽綽有餘。聖旻上了國中，然後在就要升高中的時候，有一天突然離家出走，之後再也沒有回來。

兩年後，一個女孩開著小轎車來到村裡。女孩把車停在倉庫門口，下車後坐在平床上等著潤澤從山上回來。女孩一臉稚氣，耳邊還長著毛茸茸的胎毛，臉頰上還留有痘疤。

「妳是？好面熟啊。」

「我是寶嵐，李寶嵐，住在磨石里。」

聖旻離家出走的時候，這個孩子也跟著不見蹤影。撫養寶嵐的祖父母淚流滿面地來找潤澤，叫他把孩子們找回來。就這樣，鬧了幾個月之後，兩位老人也意識到一切都是徒勞，之後再也沒來找過他。

「有什麼事嗎？聖旻呢？」

「其實，我是來找聖旻的，還以為他在這裡。」

「他走了後，一點消息也沒有。」

寶嵐用高跟鞋的鞋跟蹭了蹭地面，似乎有話想講。

「我還得上山。」

寶嵐這才開口說：

「聖旻把我存的錢都拿走了。」

女孩的眼眶紅了，眼淚在眼眶裡打轉。

「很多錢嗎？」

「……對我來說是。」

「多少錢？」

「……五百萬元。」

「……」

「我想不通，聖旻為什麼要這麼做。」

「人類本來就是無法理解的種族。」

潤澤看著女孩，接著說：

「我只能給妳本金，沒有利息。」

潤澤讓女孩等在外面，走回家裡從衣櫃取出賣香菇存下的錢。五百萬元對一個孩子來講可不是一筆小數目。潤澤取出一疊錢，慢慢地數了數。反覆確認是五百萬元以後，猶豫了一下，又在信封裡多塞了三十萬元。

潤澤出來的時候，女孩不見了，那輛車也不見了，只有一個兒童汽車安全座椅放在平床上。一個尚未斷奶的嬰兒看到潤澤，放聲哭了起來。孩子的胸前放著一張粉紅色的便條紙。這是聖旻的孩子。聖旻離開後，我也沒有能力撫養孩子了，所以把他託付給您。請您好好照顧他。

潤澤伸出右手，握住了孩子的小手。孩子突然停止哭泣，睜著圓溜溜的眼睛望著他。潤澤又伸出左手，輕輕地握住孩子的右手，然後徐徐上下晃動一下。孩子似乎覺得很癢，笑著動了動小腳丫。潤澤沒有鬆開雙手，久久地坐在平床上，凝視著這個來到自己身邊的小生命。

人生的原點——迷失

人生在世，每當遇到大大小小的難關，瑞鎮都希望能回到人生的原點，那個所有人都認識自己、自己卻選擇了離開的地方──人們經常提起的所謂「故鄉」。但無論他怎麼想，瑞鎮都不知道那個原點在哪裡。瑞鎮一直過著居無定所的生活，小時候跟隨父母輾轉於全國，長大以後也沒有長期定居在一個地方。他總是搬來搬去，因此人際關係也是如此，沒有什麼固定的朋友。在很久以前看過的電影中，當對生活絕望的主人公大喊「我要回去！」時，瑞鎮非但沒有產生同情心，反倒嫉妒起主人公。在他眼中，「可以回去的地方」儼然如同一種他畢生追求卻不可得的可貴成就。對某些人來說，這是理所當然的成就，但對像瑞鎮這種人而言，無論再怎麼努力也無濟於事。這也太不公平了吧？

「如果沒遇到你就好了。」

仁雅有一種能力，她可以用後悔的語氣來表達幸福。每當看到仁雅在覺得幸福時，露出難以置信的表情，瑞鎮都會感到十分混亂。欣賞美景時，仁雅會說：「真不該來這裡……」如果瑞鎮問為什麼，她會回答：「因為會覺得過去的日子很可怕。」這種介於後悔的語氣與幸福的表情之間的不一致，反而會讓總是對人際關係極度不安的瑞鎮倍感甜蜜。為了盡情享受這種甜蜜，即使能夠猜到仁雅的回答，瑞鎮還是會問：

「妳後悔遇到我嗎？」

仁雅用食指摸著酒杯的杯口，說道：

「後悔。如果沒遇到你，我就不會知道人生如此美好，而是把過去隨波逐流的日子當成人生的正解，也就忍了下來，一直忍到死為止。如果是那樣，也不會覺得委屈了……」

瑞鎮握住仁雅的手：

「我不後悔。與妳重逢之前的人生，就像昨晚做的夢，但無論深夜做了怎樣的夢，早上還是會在入睡的地方睜開眼睛。」

「我要是也能像你這樣想就好了。」

「妳就是我的原點。」

「什麼意思？」

「就是有那種東西，我一直在尋找的東西。」

國小五年級時，瑞鎮與仁雅同班，兩人在同一天轉學到那間學校。他們搭乘軍隊為軍人子女準備的校車來到學校，像軍人一樣互相打了聲招呼：

「我爸是軍隊參謀。」

「我爸是作戰參謀。」

兩人父親的軍銜都是中校。校車開過田間，把孩子們送回軍眷居住的軍區。仁雅回家時，不以為意地對瑞鎮說了一句：「掰掰，明天見。」瑞鎮有生以來初次體驗了什麼是心動，那種感覺就像用刮刀深深地攪拌著黏稠的奶油一樣。因為男、女生分開玩，所以兩人在學校幾乎沒有什麼交流，但放學回到軍區後，他們有很多時間待在一起。位於荒山野嶺的前線軍區沒有補習班，電視的收訊也不良，所以兩個孩子聊天的話題就只有看過的幾本書。他們都有同一間出版社出版的世界偉人傳記全集，而在他們狹隘的世界裡，認識的大人只有自己的父母和老師，所以這些西方的偉人自然而然成了他們的榜樣。瑞鎮被鄉下出身、懷抱強烈征服慾望的拿破崙吸引，相反的，仁雅更喜歡居禮夫人和南丁格爾那種在科學和醫學方面取得成就的女性。

「拿破崙殺的人也太多了吧？」

聽到仁雅的挑釁，瑞鎮不甘示弱地說：

「要不是居禮夫人，也不會有原子彈啊。」

「看來要殺很多人才能成為偉人。」

「我還喜歡莫札特，他簡直就是天才。」

「貝多芬更了不起，他連雙耳失聰都克服了。」

這是孩子之間會有的對話。瑞鎮喜歡與仁雅聊天時的每一個瞬間，還在腦海中想像自己日後成為偉人的樣子，覺得如果真能夢想成真的話，仁雅一定會為自己感到驕傲。但他只是想像著這一切，沒有說出口。春去秋來，轉眼就入冬。沒多久，軍區傳出晉升和人事變動的消息。曾是作戰參謀的仁雅父親成了所有參謀當中最先晉升上校的人，而且被調到陸軍總部。瑞鎮的父親未能晉升，但被調去了後方部隊。仁雅搬家那天，瑞鎮把組裝了一個多月的西班牙帆船作為餞別禮物送給了她。用鑷子夾起一片片大航海時代的帆船碎片，再用膠水粘在一起，可不是一件簡單的事情。如果仔細看，還能看到小巧可愛的船槳和大砲，還有站在桅杆上用望遠鏡眺望遠方的船員。

「我現在還留著你送我的帆船呢。」

二十幾年後，兩個人在新城市公寓社區附近的湖畔偶然重逢了。瑞鎮當時在跑步，仁雅則是坐在長椅上讀著雜誌。仁雅高興地提起了瑞鎮送給自己的帆船。

「有一天，我老公問我，那是什麼？」

「妳怎麼回答的？」

「小時候收到的禮物，已經記不清了。」

「叔叔和阿姨都好嗎？」

「我爸晉升到中將後就退伍，有一天在睡夢中走了。他們說是心肌梗塞，但其實是自殺。我媽受到不小的打擊，之後沒多久也跟著他走了。」

瑞鎮在經營一間販賣醫療器材的小公司。仁雅現在在休息，之前曾經以臨時聘用的教師身分在國中教英文，老公從事金融行業的工作，兩人決定不生孩子。白天在汽車旅館，瑞鎮看到了仁雅全身的瘀青。看來她正在遭受家暴。因為遭受家暴後不能去學校的次數越來越多，仁雅才不得已放棄了教書的工作。她滿身的瘀青彷彿在對瑞鎮說，你可能覺得自己現在擁有這個女人，但她真正的主人是我。我可以毆打這個女人，可以奪走她的職場，甚至可以徹底毀掉她，因為我是法律上的丈夫。

每次看到那些遭受毒打後留下的傷痕，瑞鎮就會對素不相識的仁雅丈夫惱羞成怒。這個瘋子，我一定要殺了你。每當這時，仁雅就會說：

「我真不該見你。不見你，就那麼活下去……」

仁雅這種語氣，彷彿把家暴和因此心生羞愧的責任都推卸給瑞鎮。仁雅後悔的不是結婚，而是遇見自己，這讓瑞鎮更加惱怒了。雖然瑞鎮多次提出，希望仁雅趕快離婚，與自己重新開始新的生活，仁雅卻擺擺手說，離婚可不是開玩笑的事。

「好幾次，我都覺得這樣下去會死人。有一次，他打開瓦斯爐，硬是把我的頭按到火上。還有一次，他一腳踹在我的肚子上，把我踹到兩公尺遠的地方。每次他動手打我的時候，我真恨不得快點死掉算了。」

滿腔怒火的瑞鎮給出各種忠告，去醫院開驗傷單、報警或接受心理諮商等等。

但每當這時，仁雅都會厭惡地擺擺手說：

「拜託你不要這樣。我們見面的時間，是我唯一可以喘息的時間，但你為什麼總是要把事情鬧大呢？雖然這樣的時間很短，但和你在一起我很幸福，我們就不能像現在這樣在一起嗎？」

「我愛的人天天在忍受家暴，我怎麼能坐視不管？」

仁雅正視講出這句話的瑞鎮的眼睛，說道：

「相信能做到和實際能做到是兩碼子事。很多人都像你這樣，自以為能為我做任何事。當然，我知道大家都是真心的，但就算是真心，也沒必要非得付諸行動。」

那一刻，瑞鎮才意識到仁雅已經有過很多次這種經驗了。直覺告訴他，此時的這一幕不過是仁雅曾經經歷過、未來也仍會經歷的一個瞬間罷了。維持不幸婚姻的仁雅怎麼可能只對自己一個人敞開心扉呢？在瑞鎮出現以前，很多口口聲聲說可以為仁雅做任何事的男人都在關鍵時刻落荒而逃了。對瑞鎮而言，仁雅是珍貴的原點，但對仁雅來說，瑞鎮不過就是在所謂人生的登山途中的一處避難所。

與原點不同的是，雖然當下遇到避難所會感激到落淚，但再往前走，也還是能遇到新的避難所。瑞鎮產生了強烈的慾望，他希望成為對仁雅而言獨一無二的人，卻不知道應該怎麼做。

瑞鎮的一天是從清晨在家裡附近的公園晨跑開始的。雖然以人工湖為中心建造而成的公園裡栽種了很多造景樹木，但因為都是幼樹，所以沒有形成大片的樹蔭。除此之外，公園非常適合做運動。人工湖一圈大概有四公里，瑞鎮每天會快跑兩圈。有一天，他正輕快地沿湖跑步時，一名男子突然從樹林間的小徑衝出來，瑞鎮沒來得及躲閃，撞上他後仰面朝天摔倒在地。男人朝摔倒的瑞鎮走來時，瑞鎮還以為他會伸手扶起自己，說聲對不起。沒想到，男人只是露出令人不爽的笑，俯視著他。男人看著瑞鎮自己站起來以後，說了一句：

「我應該為這種情況道歉嗎？」

對方的問題太出乎意料了，讓瑞鎮一時驚慌，覺得可能是自己的錯，於是回了一句：「沒事，不用。」

「那就好。」

穿著背後印有超大愛迪達商標運動服的男人連聲對不起也沒說，轉身朝反方向跑走了。男人消失後，瑞鎮站在原地，反覆回想著剛才發生的事。自己明明跑在正常的路線上，是那個愛迪達完全沒有減速，像美式足球中攔截進攻球員的防守球員一樣，突然從樹林裡衝過來的。如果沒有撞到瑞鎮，他很有可能會因為慣性而一路衝進湖裡。無論怎麼想，瑞鎮都覺得那個人是故意撲向自己。難道他是扒手？瑞鎮檢查了一下隨身物品，但什麼也沒丟。加害者竟然泰然自若地反問驚慌失措的受害者「我應該為這種情況道歉嗎？」，真是越想越讓人不爽。由於失去平衡後摔倒在地，瑞鎮覺得從頸部到腰部都很痛。

但這只是開始而已，之後無論瑞鎮去哪裡會遇到那個男人。去銀行辦事的時候，瑞鎮會看到他坐在沙發上；每天上班路上去買咖啡的時候，也能遇到男人和自己站在一起排隊。當然，那個男人穿的不是運動服，而是筆挺的西裝。男人非但沒有迴避瑞鎮的視線，反倒在與他四目相視的時候，不加掩飾地露出令人不爽的壞笑。每當看到那種笑容，瑞鎮就會像出現幻聽一樣，耳邊響起那句「我應該為這種情況道歉嗎？」瑞鎮突然意識到，說不定他就是仁雅的丈夫。

有一次，瑞鎮正在酒吧招待醫院的負責人，那個男人突然開門走了進來。

「我走錯包廂了？」

男人瞥一眼瑞鎮，然後走出包廂。瑞鎮藉酒壯膽，猛地起身跟了出去。男人朝通往地面樓的樓梯走去，走到一半，轉身回頭看向身後的瑞鎮。

「怎樣？」

男人擋在瑞鎮面前問道。如果男人一腳踹過來，自己搞不好會從樓梯滾下去。出於這種擔憂，瑞鎮想再往上爬幾個臺階，站到與男人相同的高度。但男人就像是在捉弄他一樣，橫擋在他面前。如果不推開男人，瑞鎮根本上不去。

「我問你想怎樣？」

男人咄咄逼人，再次問道。沒辦法，瑞鎮只好仰頭質問他：

「你為什麼跟蹤我？你到底是什麼人？」

「就當是欠了心債吧。」

「你有欠我錢？」

「不，是你欠我，欠了我很多。」

「你說什麼呢？」

「……玩弄別人的女人，現在連腦子也不靈了嗎？」

男人咬牙切齒地說。瑞鎮回想起初次遇到男人時，他說的那句「我應該為這種情況道歉嗎？」此時此刻，瑞鎮恨不得把這句話還給男人，但他有著超乎常人的自制力。

「你認錯人了。」

「那臭女人沒告訴你我是做什麼的嗎？做我這行的，看人很準的。」

男人用兩根手指指向自己的眼睛。那兩根手指就像磨得鋒利的刀一樣。

「只有看準人，才能處理好大大小小的問題。借錢給別人的時候要睜大眼睛，去抓那些欠錢不還還落跑的混蛋更是如此。」

仁雅說自己的老公從事金融行業，結果是一個放高利貸的。雖然瑞鎮沒借過高利貸，但對這個行業的惡名還是略有耳聞。男人小而結實的拳頭映入了瑞鎮的眼簾，因為站在下面的臺階，所以男人的拳頭剛好就在他的眼前。瑞鎮還看到了男人從手腕一直延伸到手臂的刺青。

「你認錯人了。」

瑞鎮又重複一遍剛才的話，然後轉身慢慢走下臺階，回到了包廂。男人沒有跟過來。應酬結束後回到家，瑞鎮翻來覆去怎麼也睡不著。他覺得那個男人似乎可以隨時破門而入，毀掉他的人生。想到自己欠下的「心債」會像高利貸的利息一樣每天翻倍增加，瑞鎮感到毛骨悚然。心債要用心來還嗎？還是像世間萬物一樣也有價格，可以用錢來還呢？答案無從得知。

自從那天之後，瑞鎮開始迴避起仁雅的電話。他以工作繁忙為藉口，連簡訊也不回了。瑞鎮覺得搞不好愛迪達會利用尖端設備竊聽他們的通話和訊息。雖然難以償還欠下的心債，但他不想再把事情搞大了。那個男人帶來的恐懼壓倒了思念仁雅的心。不見仁雅、好好反省的話，愛迪達也會知道的，說不定他還會原諒自己。起初面對突然改變的瑞鎮，仁雅感到困惑不解，但漸漸地似乎也接受了分手的事實。仁雅死心了，只是偶爾仍會傳訊息給瑞鎮表達難以掩飾的遺憾之情。

每當這時，瑞鎮都會感到很內疚。仁雅偶爾還會傳來暗示昨晚遭受家暴的簡訊。

—又是如同惡夢般的夜晚，但終究還是要挺過來。想到身邊沒有一個人可以依靠，我很難過，但又能怎樣呢？畢竟這是我自己選擇的人生。我不想給你增添負擔，不回訊也沒有關係，但請不要刪除。有一個可以說話的人，也能讓我有活下去的力量。

瑞鎮養成了走路時環視四周的習慣。他不再晨跑了，因為一想到愛迪達會從某處衝過來襲擊自己，他就會感到心跳加速、呼吸困難。幸運的是，之後的一段時間裡，沒有發生任何事。可能愛迪達也知道自己再沒見過仁雅了。

從某一天起，偶爾會傳簡訊的仁雅也不再聯絡瑞鎮了。又過了一段時間之後，瑞鎮開始擔心起仁雅。她該不會被丈夫打到送進醫院了吧？還是發生了比這更糟糕的事情呢？儘管瑞鎮感到焦慮不安、口乾舌燥，但他始終沒有先主動聯絡仁雅。

也許仁雅整理好這份感情了。她會克服的，因為她是一個堅強的人。每天夜裡，瑞鎮都會這樣安慰自己，然後借助威士忌或白蘭地等烈酒才能入睡。

仁雅突然聯絡瑞鎮是在凌晨三點左右。有別於之前的長文，這次她只傳了一句簡單明瞭的話：

——你能來一下嗎？

一種不祥的預感油然而生，但瑞鎮跟往常一樣沒有回訊，又接連飲下兩杯純威士忌。手機就像沒有發生任何事一樣保持沉默。最終，酒精擊毀了瑞鎮的自制力。他再也按捺不住，直接按下通話鍵。仁雅接起電話，說了與簡訊相同的話：

「你能來一下嗎？」

仁雅失魂落魄的聲音聽起來虛脫無力。

「出什麼事了？」

「對不起，我能找的人只有你。幫幫我吧。這是我最後的請求，以後我不會再糾纏你。」

「妳在哪裡？」

仁雅說出地址。

「這不是妳住的地方嗎？」

「嗯，是我家。」

「妳老公呢？」

「你過來吧，沒事的。快點，這是我最後的請求。」

「最後的請求」，仁雅不斷重複著這句話。瑞鎮開車趕到仁雅的公寓，都還沒按門鈴，門就開了。仁雅似乎剛遭受過家暴，頭髮亂蓬蓬的，臉也腫得很厲害。

「你真的來了。」

仁雅家裡一片狼藉，客廳的地面血跡斑斑。瑞鎮可以推測發生了什麼事，感覺自己走進了新聞裡經常出現的照片裡：長期遭受家暴的妻子忍無可忍，最終殺害了丈夫，然後找來情夫。

「妳老公呢？」

仁雅指了指臥房。臥房門口的櫥櫃上，擺著那艘積滿了灰塵的帆船。讓瑞鎮略感驚訝的是，那艘帆船竟然比想像中的還要小。他原本以為自己組裝了一艘非常大又華麗的帆船，但現在看起來不過是孩子們玩的粗糙劣質的玩具罷了。瑞鎮走進臥房，被地上的高爾夫球桿絆了一腳。那是四號鐵桿。與臥房相連的廁所門檻上，一個男人臉朝下趴在那裡，只見他的後腦勺上佈滿血痂，想必是被那根高爾夫球桿擊中所致。

「我該怎麼辦？」

仁雅哽咽地問。

「我的人生就這麼結束了嗎？」

瑞鎮面帶難色，看著仁雅反問：

「妳是怎麼想的？做出這種事，竟然還給我打電話？」

聽到這句話，仁雅躊躇地往後退了幾步。她的樣子就好像剛剛目擊了瑞鎮殺害親夫的現場一樣。瑞鎮上前抓住仁雅的手臂。

「妳要去哪裡？」

仁雅勃然大怒，質問他：

「我應該為這種情況道歉嗎？」

瑞鎮放開抓著仁雅的手。

「你從事醫療行業工作，肯定認識很多醫生，所以我才想到要問你。你就不能幫我出個主意，連這個也做不到嗎？」

瑞鎮啞口無言。這與仁雅說自己丈夫從事金融行業、結果是放高利貸的一樣。瑞鎮不過是販賣醫療器材而已，在她口中卻成了醫學專家。就算自己是真正的醫生，眼下的情況又能做什麼呢？

「趕快打一一二報警。只有這個辦法，就說妳是正當防衛，失手殺了人。妳也沒有別的辦法啊，警察肯定會酌情處理的。我之前不是要妳去開驗傷單嗎？只要提出驗傷單就沒事了。」

「是喔，謝謝你的建議，沒想到你這麼老謀深算。」

仁雅癱坐在沙發上喃喃自語。我好怕，真的好怕。

「妳該不會是想我幫妳棄屍吧？像變魔法一樣，讓屍體消失？」

「別生氣，我只是太害怕了。」

看到哭泣的仁雅，瑞鎮走到她身邊抱住了她。仁雅一邊失聲痛哭，一邊傾訴起自己身不由己攻擊丈夫的過程。聽了仁雅的一番話，瑞鎮不由得後悔起自己的冷漠無情。他對仁雅的感情沒有變，也能感同身受她遭遇的痛苦。在這個也許可以成為仁雅人生最重要轉捩點的瞬間，陪在她身邊的人不是別人，而是自己，這多少令瑞鎮感到引以為傲。也許這件事會成為仁雅人生中獨一無二的折返點，瑞鎮將陪伴在她左右。面對瑟瑟發抖的仁雅，瑞鎮給出了大膽的承諾：

「最長也不過兩、三年而已。如果法院認定妳是正當防衛的話，說不定時間會更短。等妳出來，我們就結婚，我會等妳的。」

仁雅用含著淚水的眼睛仰望瑞鎮。

「你是真心的嗎？」

「當然。忘掉之前的人生，全當是一場惡夢。接受審判，好好在監獄裡冷靜一下，我每週都會去看妳，也會準備結婚的事，布置我們的新房……」

「我真不該見你……」

仁雅垂下頭說道。

「妳這話是什麼意思？」

「你和我都變不幸了。不只我要去坐牢，還連累你也捲入這件事，最後還要對我負責。」

這時，臥房傳來「砰」的一聲響，像是沉重的物體撞在門上發出的聲音。瑞鎮和仁雅互看了一眼。仁雅嚇得抱住膝蓋，把頭埋進雙膝之間。瑞鎮小心翼翼朝臥房走去，慢慢地推開房門，只見滿臉血跡的男人以匍匐前進的動作爬了出來。仁雅發出低聲驚呼。男人抓住門的把手起身時，目光與瑞鎮相交。比起男人的死而復生，更令瑞鎮驚訝的是，他竟然不是那個放高利貸的人。

「怎麼辦？怎麼辦？」

仁雅在沙發上坐立難安，身軀上下顫抖著。男人吃力地站在那裡，驚訝地盯著瑞鎮。見瑞鎮躊躇地往後退，男人像要抓住他似地往前挪了幾步，但沒走幾步就膝蓋一彎，又倒在地上。瑞鎮下意識地扶住男人的身體。為了減少衝擊，瑞鎮緩緩地讓他躺在客廳地板上。男人似乎又失去了意識，但呼吸很規律。

「這人是誰？」

「還能是誰，我老公啊！」

仁雅與瑞鎮四目相對。她的目光冰冷無情，就像在指責丈夫活過來是瑞鎮的錯一樣。

「真的？」

「你在想些什麼？」

「沒有，沒事。」

仁雅一臉擔憂，愣愣地望著躺在地上的丈夫。瑞鎮催促仁雅：

「趕快打一一九。」

「你就會指使我，剛才叫我打一一二，現在又說一一九。」

仁雅再次把頭埋進膝蓋，又哽咽了起來。

「我現在該怎麼辦？我的意思是，以後我要怎麼活下去？除了救活他，繼續跟他生活在一起，就沒有別的辦法了嗎？」

瑞鎮無言以對。此時就算他有想說的話，也不想講了。

「算了，你又能知道什麼呢？有時，無知地活著才是人生。反正這也不是你的人生。你拍拍屁股走人，就什麼事也沒有了。」

仁雅拿起手機，絕望地慢慢按下一一九，然後用平靜的口氣編造了當下的狀況。醉酒的丈夫在廁所失足跌倒撞破了頭，剛剛雖然恢復了意識，但馬上又昏迷不醒了。

「嗯，呼吸很穩定。是，有呼吸，但沒有意識。」

掛斷電話後，仁雅對瑞鎮說：

「你回去吧。你在這裡很奇怪。」

正在玄關穿鞋的瑞鎮突然想到了什麼，轉身看向仁雅。

「對了，妳剛才說了一句，我應該為這種情況道歉嗎？」

「我嗎？」

「嗯，妳明明說了。妳是從哪裡聽到這句話的？」

「這種事現在重要嗎？況且，我已經想不起來了。這句話有什麼奇怪的！」

「為什麼不奇怪？這句話……」

「拜託，你趕快走吧。」

「不是，我最近遇到了很奇怪的事……」

「我叫你趕快走啦，都能聽到救護車的聲音了。」

瑞鎮搭電梯來到地下停車場。他坐在車裡心想，這也太奇怪了。那個在湖邊撲向自己、說自己欠了心債的男人到底是誰呢？瑞鎮決心要找出那個男人。開車回家的路上，瑞鎮看著馬路兩旁由近而遠漸漸消失的路燈，不禁覺得那些路燈就像自己險些要過上的另一種人生。與出獄的仁雅結婚的人生一閃而過；參與棄屍成為仁雅的共犯、日後走在路上遇到警察都要躲躲藏藏的人生一閃而過；替仁雅殺害好不容易恢復意識的丈夫後、變成殺人犯的人生一閃而過。瑞鎮的腦海中，浮現了一則新聞標題：「婚外情主婦與情夫共謀殺害親夫，報警後失蹤」。當一切一閃而過後，瑞鎮這才想到仁雅今後的人生。險些被仁雅殺害的男人會放過她嗎？從臥房爬出來的男人親眼看到老婆深夜找來的情夫。也許仁雅會死在那個男人手裡。這種假設在瑞鎮的腦海裡揮之不去，但此時他不可能再回去找仁雅了。

這件事發生的十天後，也就是那個男人出院的兩天後，仁雅從公寓的陽臺跳樓身亡了。警方公佈的死因是跳樓自殺，但瑞鎮不相信。警方稱：「妻子患有憂鬱症，丈夫出院後，夫妻經常發生爭執。事發當日，夫妻二人又因為看護問題發生爭執，妻子一怒之下衝到陽臺尋了短見。」一想到習慣性毆打仁雅的男人，如今竟然不留蛛絲馬跡地殺害了仁雅，瑞鎮就氣憤不已。但僅是情夫的自己又能做什麼呢？如果那時殺了他，仁雅就不會死了。可那是殺人啊！不是可以輕易做出的決定！不管怎樣，都怪自己當時猶豫不決，所以最終害死了仁雅。瑞鎮的人生原點永遠消失了。瑞鎮不是沒有想過為仁雅復仇，但即使是這樣，仁雅也不可能起死回生。瑞鎮無法忍受看著那個狡猾的加害者逍遙法外，過著悠哉的生活。無論如何，瑞鎮都想毀掉他的人生。

瑞鎮潛伏在仁雅的公寓附近，等待男人現身。他計畫先掌握男人經常出沒的地方和時間點，以便從中找出他的弱點。說不定他會做什麼犯法的事情，比如在公寓裡進行性交易，到時他只需要報警就可以了。但這傢伙可能是因為還在恢復中，所以活動範圍很小：早起到公園散步，然後回家，八點半到位於新城區的投資證券交易所上班，晚上到便利商店採買後直接回家，直到隔天都沒有出門，家裡的燈一直亮到深夜。

瑞鎮發現男人的行動路線過於單純，於是瞄準了清晨的散步路。瑞鎮計畫突然攔下男人，在他沒有設防的情況下，質問他為什麼殺害仁雅。但是當他跟蹤男人走在散步路上時，瑞鎮又突然產生了疑慮：質問他那種問題，讓他不安、內疚，有什麼意義呢？另一方面，瑞鎮也很害怕，他擔心男人會為了煙滅證據而攻擊、威脅自己。正當瑞鎮跟在男人身後、猶豫不決地往前走時，突然有人從水杉林中衝出來，撲倒了男人。

「媽的，你這個殺人兇手，狗娘養的混蛋！」

瑞鎮一眼就認出那個衝出來的男人，因為他就是那個從樹林裡衝出來撲倒自己、放高利貸的男人。男人把仁雅的丈夫壓倒在地，然後騎在他身上，一拳接一拳地往他的臉部猛力揮去。仁雅的丈夫面對如同野獸般發出咆哮的男人，絲毫沒有任何防備，讓人感覺他再這麼打下去，真的會鬧出人命。沒多久，仁雅的丈夫被打得滿臉是血。令瑞鎮驚訝的是，毆打仁雅丈夫的男人流下了熱淚，但更令瑞鎮驚訝的是，他在呼喊仁雅的名字。

「仁雅，仁雅啊，都是我的錯，仁雅啊！」

路人蜂擁而至，但所有人都被男人的氣勢嚇呆了，沒有人敢多管閒事。公園管理員剛好經過，這才把男人從仁雅的丈夫身上拉下來。被管理員按住肩膀的男人，衝著躺在地上的仁雅丈夫大喊：他是殺人犯，這個混蛋殺了人。

躊躇地離開現場的瑞鎮來到公司，處理了繁忙的業務，獨自吃了午飯。下午他要去各大醫院推銷產品，其中一間是新城區唯一的大學醫院。瑞鎮經過急診室的時候，突然覺得仁雅的丈夫很有可能被送到這裡。他的後腦勺被高爾夫球桿打破，臉部又被放高利貸的人打得面目全非，大腦肯定受到了嚴重損傷。瑞鎮走進急診室，詢問上午是否有腦部受傷的患者被送到這裡。在認識的護士協助下，瑞鎮找到了仁雅的丈夫所在的病床。他閉著眼睛，不知道是在睡覺，還是處在昏迷的狀態。一位上了年紀的老婦人正在看顧他，看樣子應該是他的母親。瑞鎮謊稱自己是男人公司的同事。

「他怎麼樣了？」

「現在腦壓太高了，所以要等腦壓降下來才能做手術。但醫生說，腦壓也有可能降不下來，搞不好會半身不遂，或者一輩子就這麼躺在床上了……」

男人的母親流下眼淚。

「我們家怎麼接連發生這麼不幸的事啊！」

「抓住加害者了嗎？有說為什麼打人嗎？」

老婦人眼中充斥著怒火，但也許那憤怒的消失點[4]不是針對加害者，而是針對身亡的兒媳，所以她沒有向素未謀面的瑞鎮表露出來。

「沒有，警察說是隨機打人，這世上哪有無緣無故打人的啊？這種人應該拖到光化門的十字路口斬首示眾。」

老婦人嘆了口氣，又說道：

「這都是我兒子的命，還能怪誰呢？」

手機響了，老婦人接起電話，走了出去。瑞鎮靜靜地望著男人的臉。那天晚上，仁雅做出了選擇。她在一番深思熟慮後，沒有打電話給那個放高利貸的人，而是打給了自己。如果仁雅選擇了那個放高利貸的人，就不會死了，死掉的人一

---

4 vanishing point，透視法的基本觀念之一，為兩條平行線的最終交會點，落在最遠處的地平線上。

定是眼前的這個男人。說不定那個放高利貸的人還會不留痕跡地處理掉屍體，現在正和仁雅生活在一起。瑞鎮思考了一下，仁雅死掉和她與那個放高利貸的人一起生活，哪一種情況更令自己難以忍受。答案似乎是後者更為痛苦。失去了仁雅，他竟然還在想這種事。瑞鎮對自己十分厭惡，但這也由不得他控制。仁雅死了，她的丈夫很快也會死去，或者生不如死，而那個放高利貸的人會被抓進監獄，眼下只有自己平安無事。想到這裡，莫名的幸福感湧上瑞鎮的心頭。他甚至還覺得很驕傲，因為自己抵擋住巨大的誘惑，而且在危機中守護了自己的安全。人生的原點有什麼用呢？最重要的不是那種精神上的奢侈品，而是活著本身。此時此刻，瑞鎮才有了長大成人的感覺。能告別那個童年閱讀偉人傳記、做白日夢、多愁善感的自己令他感到無比欣慰。

瑞鎮俯視躺在床上的男人。他的右手露在床邊。端鎮握住他的手，感覺溫溫的、濕濕的。男人好像瞇著眼睛，但因為他臉腫得厲害，所以不確定他是否睜著眼，但就算他睜著眼睛可能也看不清人。瑞鎮緊握他的手，俯身在他耳邊小聲說：

「你這個打女人的混蛋，很快就會死掉的，再不然，連屎尿都不能自理，一輩子就這麼躺著……但你看，我還活著。真是大快人心，開心死了。」

在走廊講完電話、走回急診室的老婦人看到瑞鎮握著兒子的手，感謝他來探望兒子。瑞鎮就像不捨得跟戀人道別一樣，緩緩地放下男人的手後站起身，安慰老婦人說：

「您要振作起來，他很快就會痊癒的。」

瑞鎮走出急診室，提著裝有醫療器材樣品的包包，穿過充斥著消毒藥味道的病房走廊，一邊心想此刻就是自己人生新的原點，一邊大步朝採購負責人的辦公室走去。

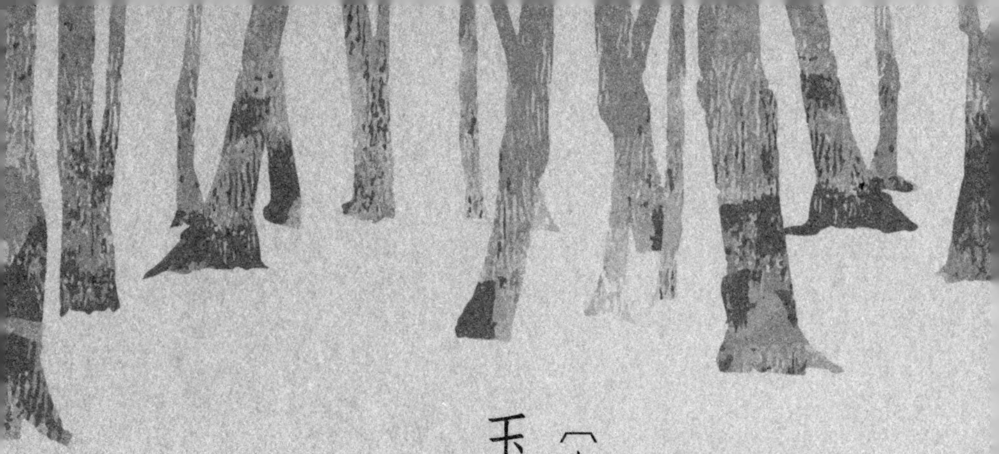

〔李箱文學獎〕

玉米與我——喪失

1

某精神病院住著一個堅信自己是玉米的男人，經過長時間的治療和心理諮商，他終於明白自己不是玉米了。醫生由此判斷他可以出院了。但沒過幾天，男人又來到醫院，一副魂飛魄散的樣子。

「哎呀，出什麼事了？」

醫生問道。

「總是有雞跟著我，嚇死我了。」

男人渾身發抖，不停地回頭看，彷彿後面有雞跟著他似的。醫生用溫柔的聲音安慰他：

「先生，您不是已經知道自己不是玉米了嗎？」

男人回答說：

「是啊，我當然知道。但問題是，那些雞不知道啊！」

2

秀智提前趕到，正在那裡玩數獨。她很喜歡玩數獨或填字那種把空格填滿的遊戲。

「實力進步不少啊！」

「你怎麼知道？」

「一看就知道。」

其實我不知道。

「吃飯了嗎？」

「嗯，照燒雞。」

秀智把視線又移回到數獨上，填了幾個空格，然後把筆丟到一旁。

「最近怎麼樣？」

面對我的問題，秀智用手捻了一下鬢角。這是她迴避問題時的特有動作。

「哎，你怎麼樣？」

「我還不是老樣子。」

「還是老樣子可不行！」

「有什麼不行的？」

「明知故問是吧？」

「我是真不知道。」

「你這個厚顏無恥的東西！」

看到秀智突然雙眼點燃火星，我下意識地蜷縮了一下身體。

「對不起。」

「一句對不起就沒事了？」

「沒靈感，寫不出來，妳叫我怎麼辦？寫書才能賺錢，賺了錢，才有錢給妳啊！」

「你當我們是乞丐啊？」

「妳怎麼這麼說？誰說妳們是乞丐了？」

秀智把視線轉向窗外，抽出一張紙巾，擤了一下鼻涕。

「鐘還好嗎？」

「你還記得女兒的名字啊？」

「我都說對不起了。」

「什麼時候？」

「剛才啊。總之，都是我不好。」

秀智用那張紙巾又擦了一下眼角，然後正面直視著我說：

「我們老闆快要逼死我了。」

「為什麼？」

「他收購出版社以後，讓所有編輯把簽過字的合約都交出來，還有那些收了簽約金卻不交稿的作家名單。」

「名單上當然有我的大名囉。」

「你，位居榜首！」

「他之前在哪裡混的？」

「華爾街。」

「那麼了不起的人為什麼要收購一間韓國小得可憐的出版社？」

「我們出版社很大的。」

「有嗎？」

「他說要用美國那套管理方式。」

「不交稿的話，就綁架過來、丟進關塔那摩監獄？」

「先下最後通牒，如果沒有反應的話，就打官司。」

「什麼？打官司？所以他派妳來下最後通牒的？難道他不知道我們之前住在同一個屋簷下嗎？」

「知道，可能美國不在乎這種事吧。再不然，就是覺得派我來更有效果。」

「我討厭美國，一群帝國主義者！」

「我也不喜歡。」

「討厭死了。」

「那你有何打算？是吐出簽約金，還是重新訂一個截稿日期？」

「都不想呢？」

「我們公司的律師會打電話給你。」

「出版業什麼時候變得這麼沒有人情味了？」

「孩子的爸。」

秀智突然板起臉來。每次她這樣叫我的時候，話題都很嚴肅。也就是說，她又要提錢的事了。

「我本來不想說這事。」

「不想說就不要說，以後永遠也別說。」

「我不會跟你要拖欠的撫養費，但是……」

「但是什麼？」

「我也不知道鐘是怎麼想的。總之，你女兒鐘報了幾間美國的大學。」

「韓國沒有大學嗎？所以呢？」

「結果出來了。」

「她年紀輕輕，有必要嘗一下失敗的苦酒，告訴她不用太沮喪。」

「UCLA、愛荷華、賓州州立大學，還有兩個地方，我忘記是哪裡了。總之，有五間大學都願意錄取她。」

「真是驚人的消息。我們倆都沒那麼聰明，怎麼會生出這種孩子？」

「但沒有獎學金，說是大學部都沒有。」

「這裡禁菸嗎？」

「你別岔開話題。」

「我就知道，都是些不上不下的大學，好的大學就算是大學部也會有獎學金的。」

「鐘說，她特意選了幾間學費不貴的大學。」

「要是有獎學金拿的話，史丹佛那種學費昂貴的私立大學也能去啊！」

「如果她爸是個可靠的人，肯定會出錢讓孩子念書的。」

「為什麼把所有的事都歸罪於我啊？」

「一切都取決於你。」

秀智嚴肅地說。我擺了擺手。

「作家哪裡有錢？妳也知道，那些簽約金早就花光了。我什麼情況，妳最瞭解了，我現在是負債累累。」

「好，那你自己去跟鐘講，告訴她爸媽沒錢，叫她放棄。我是說不出口。」

「這孩子怎麼這麼世俗呢？一個高中生，怎麼會想著要去念美國的大學？她是不是美劇看太多了？我們小時候，父母能送我們去念在首爾的大學就已經感激不盡了。」

鐘從小就性格倔強，爭強好勝，死也不肯認輸。像她這樣好勝心強又不討喜的孩子很是少見。這孩子從國小就熬夜背書，連玩桌遊輸了也會大聲痛哭。如果說我的人生有什麼幸運的事，那就是離婚的時候，鐘跟了她媽，離開了我。

「那位從華爾街來的、了不起的大老闆提起訴訟的話，我很快就會變成窮光蛋，哪有錢給鐘繳學費？妳覺得這可能嗎？」

秀智嘆了口氣，垂下視線。

「鐘說，第一年的學費和宿舍費……」

秀智話說到一半哽咽了。

「……跟我們借。孩子竟然跟我們說借……還說，其他學期的費用自己會想辦法。這孩子太早熟了……」

眼看秀智就要嚎啕大哭，我趕緊擺手要她鎮靜下來。

「妳沒錢嗎？華爾街都不發薪水？」

「出版業什麼情況，你又不是不知道。」

「好吧，好吧，那妳想我怎麼做？」

「趕快寫小說，只有這一條路了。除了寫小說，你也沒有其他賺錢的本事了。我會跟老闆好好談談的。你已經很久沒有出版長篇小說，趁這次機會，一定會暢銷的。孩子第一學期的學費，我會想辦法，剩下的學期就靠你了。」

「出版社就妳一個編輯嗎？哪有老闆派員工來跟前夫催稿的？」

秀智見我惱怒，安慰我說：

「你不要生氣，仔細想想看，你是優秀的作家，難道不想重溫出道時的榮耀嗎。別總是想著逃避，認真一點寫，說不定這是一個好機會呢！」

「我從來沒逃避過，也沒有不認真寫，每次我都盡了全力！」

「是，是，你是。」

秀智敷衍地附和了一句。

「現在在寫什麼呢？嗯？」

秀智這樣問的時候，就是一個不折不扣來管理作家的編輯。

「嗯，是有在寫啦，但現在是祕密。」

「是祕密的話，看來會有佳作誕生啊！」

「那要等寫完才能知道。我正埋首寫著呢。」

所有作家都會這樣欺騙編輯。

「什麼內容？稍稍透露一下嘛。」

所有的編輯也都會像她這樣相信作家。我只好隨機應變了。

「一個關於日帝強占時期、四處游走的馬戲團的故事。我會用拉丁美洲魔幻寫實主義的手法來處理這個故事。」

把構思講給編輯聽的時候，最好提一下寫實主義或超現實主義。因為這樣一來，編輯就會自己去想像故事，進而滿意自己想像出來的故事。

「感覺很有趣耶。」

看吧，連我的前妻也被騙了。這就是魔幻寫實主義既魔幻又寫實的力量。

「嗯，不過聽說這個馬戲團最後的倖存者住在紐約。我最好能去採訪他，但妳也知道，美國那麼大，物價也高，就算去了也未必能找到那個人……所以寫作進度一直停滯不前。雖然說是魔幻寫實主義，但也要有事實依據才行……」

秀智眼睛一亮，傾身靠近桌子。

「我們老闆在曼哈頓有一套公寓。之前，他輾轉於兩地，在那裡買了一套公寓當工作室。最近他都在首爾，那裡沒人住。我幫你問問看？跟他說你想去那裡寫小說的話，說不定他會欣然答應的。」

「妳也太瞭解你們老闆了吧。」

「去不去嘛？」

「總得先問一下人家吧？」

「你先表態啦。」

「怎麼說的跟妳家一樣方便似的？」

「你就非得這麼說話是吧？」

「知道了。我去，去總可以了吧。」

「這樣想就對了。這是一個好機會。」

「話說回來，你們老闆結婚了嗎？」

「你有完沒完，問這些沒用的事。」

「告訴我，我沒辦法忍受好奇，他結婚了嗎？」

「分居中。」

「這妳也知道。」

「你少在這裡無中生有啊。」

「分居中……出軌的人通常都這麼說。」

秀智勃然大怒：

「你對女兒都不覺得羞愧嗎？連做父親的義務都做不到，就知道在這裡信口開河，窩不窩囊啊？」

「好啦，好啦，對不起。我是有點窩囊。嗯，那這樣好了，妳就去替我鄭重地拜託一下你們那位令人尊敬的大老闆，請他把那套位於紐約——而且還是在曼哈頓——的公寓免費讓我這個陷入瓶頸、未能按照合約準時交稿的可憐作家住幾個月。也幫我轉告他，我會心懷感恩的心拚命寫作，在截稿日之前交稿，還請他大人有大量，原諒我沒有遵守合約。」

「你煩不煩。」

「知道了。」

秀智開車回公司，我一個人在咖啡店又坐了一會兒。很奇怪的是，只要跟秀智見面，我就會回到從前不懂事的樣子，在她面前撒嬌、耍賴，乞求她的安慰。我現在不是玉米了，真的不是玉米了，但秀智不知道。如今，我再也不是玉米的事實已經沒有意義。我走出咖啡店，仰望虛空。一群肥得圓滾滾的鴿子從陰沉的天空飛過。

3

我有兩個朋友，他們的共同點是都有性伴侶。其中一個在大學一邊教哲學一邊寫詩，另一個一邊寫詩一邊經營咖啡店，但經營咖啡店的朋友寫的詩比教哲學那位寫的詩更讓人費解。他們厭惡彼此。曾經，我們混在一起整日把酒言歡，但那都是很久以前的事了。有一次，我問哲學關於他的性伴侶的事時，他說了這樣一番話：

「有些人覺得性伴侶之間是在交換什麼，但我不同意這種說法。交換？交換什麼？就像交戰的國家之間不會交換戰爭，下棋的人之間不會交換棋子，性伴侶之間也不會交換性。我和她見面不是為了交換什麼，而是為了浪費，一起消耗我們的時間和能量，最終耗盡所謂的性觀念。就像砂石車卸空一車的沙子一樣，我們會把『做愛』這種沉重的觀念甩在身後，然後一身輕鬆地各自回家。用維根斯坦的話來說就是，我們共享著一個名為『性伴侶』的盒子。我們置身於盒子之中，無論裡面有什麼，我都只稱呼對方為性伴侶，而且不會打開盒蓋。只要不打開蓋子，我們就是安全的。」

與哲學見面消耗性觀念的女人正是咖啡店的妻子。

「你們一個月見幾次面？」

哲學想了想，然後搖搖頭。

「說不準，有時候每星期都會見面，有時候一個月也見不上一次。你問這個幹嘛？」

「我是對什麼事都很好奇的普魯斯特型小說家。話說回來，如果一個月見一次的話，那在那天來臨時，你那高尚的身體豈不是會像清潔員長期罷工的城市一樣，每個細胞都會散發出『做愛』的觀念積累而成的惡臭味。」

哲學用手轉著啤酒杯。這是他在心情極差的時候才會做的動作。哲學轉了半天的啤酒杯，皺著眉頭，歪頭問道：

「你呢？你怎麼處理那種觀念？」

「我處理的不是觀念，而是精液，而且有很多方法。身為小說家，總要現實一點。」

哲學提出異議：

「這種事會那麼簡單？你做的事是從觀念出發，在觀念的基礎上付諸行動，也就是說從想法出發，再追求肉體。所以說，無論你怎麼信口開河，也得先處理觀念。」

「小說可不是那麼回事。小說是很肉體的，唯有心動，身體才會服從。我們跟詩人和評論家的身體不同，我們是文壇的海軍陸戰隊、肉體的勞動者、肉鋪的老闆。」

「你這種見解，讓我有種不祥的預感。」

哲學對我冷嘲熱諷，生怕別人不知道他是哲學家。

有一次，我問了咖啡店這樣一個問題。

「你管那個女人叫什麼？」

聊起那個女人時，咖啡店如今就像退居二線、專注於培養新人的職業摔角手一樣，一臉靦腆地說：

「其實，我們會稱呼彼此的綽號。我給她取了一百多個綽號，每次見面的時候，都會叫她不同的綽號。這種綽號越沒有意義越好，我有時候叫她『我的斷腿椅子』，有時候叫她『空虛至極的豆沙包』。」

「嗨，『砲友』。不會這麼叫嗎？沒開過這種玩笑？再不然，像是『床友』之類的。」

「看到最近有些媽媽叫兒子『兒子』，我就覺得那些媽媽越過了某種不可跨越的界線，這樣很危險的。管兒子叫『兒子』的瞬間，某種存在於母子之間的緩衝地帶就消失了。叫彼此『砲友』也是如此。也就是說，要想用平底鍋煎什麼，你得先擦一層油，這樣才不會沾鍋。」

「等一下，你之前說那女的是做什麼的？」

「我好像沒告訴過你。」

雖然誘供是我的特長，但對身經百戰的人沒有奏效。

「好吧。那我重新發問，那個女人是做什麼的？」

「女軍官。」

「真的？」

「每逢週末，我會開車去江原道。她所屬的部隊在最前線。那地方很小，要是傳出什麼話就麻煩了，所以她會換上便服，喬裝打扮一下，然後到距離那個地方稍遠的城市跟我碰頭。」

「原來是這樣。」

「我從小就喜歡穿制服的女人。」

咖啡店的肢體動作變得更加害羞了。

「『穿制服的女人』這句話也可以視為某種油嗎？」

「嗯。這樣一來，我就成了『喜歡穿制服的女人的男人』。你真不愧是小說家，一說就明白了。」

「她和你見面的時候不是穿便服嗎？」

「當然了。但她會為了見我而『換』衣服，這種行為讓我興奮。別的女人去約會都是『穿』衣服，但她是『換』衣服。」

沉醉在自己世界裡沒完沒了講個不停的咖啡店，不知道自己的妻子定期與哲學見面、把沉重的「做愛」觀念拋在身後。自古以來，丈夫都是最後一個得知真相。咖啡店的妻子和哲學自然也不知道咖啡店每逢週末就跑去江原道和女軍官在平底鍋上擦油的事，還以為咖啡店是迷上了去江原道釣魚。

4

秀智打電話說老闆想見我。

「妳和他一起過來嗎？」

「不，他說要一個人過去。」

老闆身穿束腰的深藍色夾克、白褲子，腳踩一雙紅棕色的樂福鞋。他這身打扮看起來就像江南有錢人家不懂事的小孩，而且比起經營出版社，他的長相更像高爾夫用品店的老闆。他的眼睛很大，鼻子和嘴都很小，嚴重的黑眼圈會讓人聯想到浣熊。我們坐在三清洞的紅酒吧裡，搭配火腿和起司喝著波爾多紅酒，三言兩語地聊著出版業的不景氣和韓國的政治亂局等話題。

「朴老師。」

「嗯？」

「其實，我是您的忠實粉絲。」

也許吧。老闆見我沒什麼反應，只是露出似笑非笑的表情，於是把他帶來的購物袋擺到桌子上。

「這是什麼？」

「還能是什麼，都是您的書啊。我都帶來了，想請您簽名。」

他把從我的處女作到最近一本小說全帶來了。肯定都是秀智送他的。我沒有收回懷疑的視線，只是從那一落書裡隨便抽出幾本，翻到版權頁一看。令人驚訝的是，全都是初版第一刷。

「這些書該不會都是初版吧？」

「嗯，都說我是您的粉絲了。」

浣熊難為情地撓了撓後腦勺，臉頰還泛起紅暈。我坐直身體，一本接一本地幫他簽了名。如他所言，所有的書都是初版，而且有趣的是，他還在書的空白處寫下了密密麻麻的小字。我正想仔細看一下他都寫了什麼，浣熊一驚，擺了擺手說：

「拜託，不要看。我久居異鄉，太孤獨……讀您的書，會冒出很多想法，又不想忘記，就隨手寫在旁邊。在這麼珍貴的書上亂寫……」

「啊，原來寫的都是讀後感啊。」

「不，不是。恕我冒昧，這上面寫的都是假如我是作者，我會怎麼展開故事的想法。這是我從小養成的習慣，看小說會不由自主地想像故事。」

「您沒寫過小說嗎？」

「我怎麼敢，只是自己想像故事情節罷了。」

「這些初版的書都是您在美國蒐集的？」

「不全是，有幾本是在韓國買的。我在紐約的時候，每次您出版新書，知道我喜歡您的朋友就會買來寄給我。」

「真是交到知己了啊。」

我在十三本書上簽了名。沒有作者會不喜歡蒐集自己所有初版書、還在每一頁空白處寫下自己想法的讀者。再說，如果這位讀者是剛收購了出版社的老闆，就更沒有理由不喜歡他了。

「您不知道，身為同一代人，能遇到像您這樣的作家，給遠在異國他鄉的我帶來了多大的安慰。」

「啊，謝謝。」

有多久沒聽到這種讚揚了？我一時覺得有點暈頭轉向。老闆針對我寫的書誇其談了起來。作家並非都記得自己寫過的內容，讀者也不見得會原原本本地記得自己看過的內容，他們會忘記或記錯內容，因此作家與讀者見面聊書的時候，氣氛多少會變得尷尬。雖然我已經習慣這種情況，卻唯獨在與老闆的對話中出現了很多分歧。也許這是因為他在我的書上寫下自己想像的故事，進而誤以為那就是原來的故事，但也有可能是我記錯了。現在我已經不太在意這種事了。無論讀者記憶中的故事是怎樣的，跟我又有什麼關係呢？

「聽李部長說……」

他指的是秀智。

「您在構思新的長篇。」

「啊，是的，但故事還不是很成熟。」

「我聽說……」

「嗯，我想寫一個關於日帝強占時期的馬戲團的故事……」

「太棒了！其實，聽李部長說完，我忍不住拍腿叫好，就是這個故事！馬戲團！」

老闆興奮地攘臂而起。看到他這樣，我反倒不安起來。

「不是，誰會對日帝強占時期的馬戲團感興趣呢？我覺得不會暢銷的。」

「沒關係。無論銷量如何，小說還是要出版。啊，我的意思是，無論如何我們都會努力去推。但就算銷售不好，不，就算出版社因為這部作品而倒閉，我也一定要做這本書。」

「倒閉的話，那可就不好辦了。」

「您知道我之前在高盛工作嗎？」

「我只聽說您高就於華爾街。」

「我在投資銀行中的投資銀行——全球最大的投資銀行——高盛上班。說來話長，我有一個喜歡的女人，不過我父親反對，因為女方家境清寒，所以怎麼都不肯同意我們交往。但我不顧反對，執意帶著她去了美國。我心想，只要能賺錢回來不就可以了。就這樣，我一走就是五年，然後賺夠三十億就回來了。」

「三十億？」

「像高盛那種銀行，表面上看很富麗堂皇，也很容易聯想到穿著亞曼尼西裝、白襯衫的銀行家坐在桃花心木的辦公桌前接待客戶。哼，我們把那些傢伙叫做『士兵』（Soldier），就只是拿別人的錢去利滾利的底層勞工，也會叫他們『大帆船的舵手』。您知道高盛員工乾杯的時候喊什麼口號嗎？」

「喊什麼？」

「OPM。」

「什麼意思？」

「Other People's Money，意思是，玩別人的錢萬歲！華爾街的銀行家把客戶的錢叫做『別人的錢』，用別人的錢投資，用別人的錢蓋樓，用別人的錢吃喝。在我們眼裡，用自己的錢投資、自己承擔風險的人都是笨蛋。」

「OPM……」

「但是，在高盛的核心部門，有利用高盛自有資金賺錢的人。雖然這些人大部分都是猶太人，但也不一定，他們穿著GAP的T恤和Levi's 501的牛仔褲來上班，一邊吃著漢堡包，一邊敲著鍵盤。這些人才是高盛最信賴的員工，我就是其中的一員。」

「哇，真是了不起啊。」

「我為什麼跟您說這些呢，那是因為您就是我們公司的核心資產、頂級的人才，不是士兵、大帆船的舵手。為您出書，我不需要OPM。也就是說，即使用光我的財產，我也會為您出書的。」

「但您也知道，最近我的書賣得不好……」

「好了，朴老師，您不要這麼說。之前不是前任老闆在賣書嗎？現在換我來經營了，我在華爾街只學會了一件事。您知道是什麼嗎？」

「……OPM？」

「NO！」

老闆堅決地搖了搖頭。

「歸根結柢，企業的價值來自於人。回國後，為了收購出版社，我也調查了一下市場，看了很多間出版社。雖然很多出版社都比這一家的財政狀況穩定、流通書目（backlist）的數量也很好，但在看到您的名字那一瞬間，我就做出決定。為什麼？因為收購這間出版社，我就能成為這些書的作者……」

說著說著，他好像在宣示一樣，把手放到那落書上頭，說道：

「……的夥伴，成為發行人。只要二十億就可以做到這件事！難以置信吧？」

「這個嘛，這可不是一筆小數目啊……」

「錢不重要。我已經下定決心要做一些自己喜歡的事，以免日後後悔。像我這種只有錢、沒有才華，但熱愛書籍、文學和作家的人，還能做什麼呢？除了為您出書，沒有我能做的事了，難道不是嗎？」

他的口水噴到我的臉上。

「老師。」

「嗯？」

「請寫出一本好小說。我會靜候佳音，直到在您那些珍貴文字的最後也印下我的名字、展示在書店裡的那一天。」

「好，我會全力以赴。」

我被老闆的興奮感染，直接答應他了。他這才放鬆下來，靠到沙發上。

「您打算什麼時候去紐約？」

他喝光一杯冰水後問道。

「紐約？」

「您不是說馬戲團唯一的倖存者在紐約，想去那裡取材嗎……」

「啊，是，我打算這個月就出發。」

「我已經跟公寓管理人打過招呼，您到了那邊如果有任何不方便的地方……」

說著，他遞上一張名片。

「……就聯絡這個人，他會幫您解決的。」

「真不知道該怎麼感謝您……太謝謝您了。」

「公寓的位置很棒，位於華爾街所在的曼哈頓金融區和蘇活區之間，有別於近來拔地而起的商業樓，那裡是非常古意盎然、傳統的褐砂石造公寓，有核桃木紋的地板和壁爐，總之環境很適合作家寫作。那附近有很多餐廳，生活會很便利。」

我們走出紅酒吧，老闆提議再去喝杯啤酒。正當我們往附近的咖啡店移動時，他的電話響了。老闆表情嚴肅地講完電話後，充滿歉意地對我說：

「這可怎麼辦，我兒子突然不舒服。」

「您趕快回去吧。我們下次再見。」

老闆匆忙攔了一輛計程車後離去。我呆呆地走在路上，因為不想回家，所以給哲學打了電話。

「是我。」

「在哪裡？」

「三清洞。」

「幹嘛呢？」

「見了老闆。」

「說什麼了？」

「他說是我的鐵粉。」

「都是胡說八道。」

「誰知道呢。」

「他跟秀智啥關係？」

「好像沒關係。」

「你問了？」

「那種事怎麼問？」

「那你怎麼知道他們沒關係？」

「感覺不是，感覺他不是那種人。」

「老闆人呢？」

「說是孩子不舒服，回家了。」

「哪有這樣的鐵粉？」

「孩子不舒服，能怎麼辦？家裡都打電話了。」

「是喔？決定去紐約了？」

「嗯。」

「結果還是決定去了。」

哲學的口氣略顯失望。

「出來陪我喝杯啤酒啊？」

「不了，我明天還得起早。」

「好吧，晚安。」

我也想搭計程車回家，卻一直攔不到車。五輛計程車載著客人從我面前呼嘯而過。我給秀智打了電話。她半天才接起電話。

「妳在哪裡？」

「我正打算出門。」

「大半夜的去哪裡？」

「你是我老公啊，管那麼多！」

「也是，我不該多管閒事。」

「對了，跟我們老闆談得順利吧？」

「妳為什麼是用過去式？」

「嗯？」

「妳問，談得順利吧？不是問，現在談得怎麼樣？我都沒說我們分開了。」

「啊，是嗎？那你們現在還在一起？」

秀智還是很單純，一點也不會說謊。

「分開了，他回家了，說孩子不舒服。」

「喔，是啊？」

「那孩子還真會算時間，剛好在第一輪結束、要去第二輪的時候不舒服。」

「你真是疑心病有夠重。」

「我這是機敏。」

「……」

「秀智啊。」

「幹嘛？」

秀智提高嗓音，顯得很不耐煩。

「沒事。」

「說啊。」

「你們老闆到底為什麼要我的稿子啊？」

「因為他喜歡你的小說。」

「我還以為他就是一個見錢眼開的人，但見面一聊，又感覺他不是那種人。不過，跟他分開之後，仔細一想，他的確是個見錢眼開的人。像他這種愛錢如命的人為什麼要出版我寫的賣不出去的小說呢？」

「賺錢方面，那個人有很本能的直覺。人家兩手空空去了美國，五年賺了三十億回來。你就信他一次，趕快交稿。誰知道呢，搞不好會很暢銷！」

「會嗎？」

「先生，我在這裡下車。」

5

我聽到秀智對計程車司機說話。

「我得走了，明天再說吧。」

我一邊想著秀智和老闆會用什麼樣的體位做愛，一邊走在三清洞的夜路上。

幾天後，我和哲學碰面喝啤酒。聽完我與秀智的對話後，哲學問：

「所以，你還去紐約？」

「不去。」

我搖了搖頭。

「不是都說要去了嗎？」

「這樣秀智才會放過我。你也知道她有多執著。」

「有目的的女人都很執著。」

「是嗎？」

「為什麼你不去了？」

「你聽我說，我現在陷入了進退兩難的困境。假設我去紐約寫了一本驚人之作——」

「哪有說的那麼容易。」

「都說了是假設！搞什麼？哲學家連假設都不知道嗎？假設！If！If！」

「好啦，然後呢？」

「我像擰抹布一樣，擰乾靈魂完成了小說，然後秀智成了出版社認可的大編輯，跟她搞在一起的老闆還會大撈一筆。」

「等一下！你不是說秀智和老闆沒什麼嗎？」

「我很肯定他們是那種關係。」

「真的假的？」

「他們瞞不過我的第六感。」

「在華爾街賺了大錢的人有什麼想不開的，非要跟一個四十多歲、離過婚的女人在一起，還帶著一個女兒……」

「你是有什麼想不開的，世上那麼多女人，非得跟朋友的老婆做愛？」

「那傢伙不是我朋友，況且我們不是做愛，而是一起處理所謂『做愛』的觀念而已。」

就是因為這樣，才會沒人對哲學這門學問感興趣。

「總之，我好不容易寫出來的小說要是真的成了暢銷書，那豈不是讓我的前妻和她的情夫填飽肚子了。」

「的確如此。」

「但如果書賣得不好，他們又會在背後說三道四，把我當成喝酒時的下酒菜。那傢伙已經江郎才盡，妳跟他離婚簡直就是明智之舉。他寫的那些東西也算是小說？寫那種老掉牙的故事，還想在二十一世紀立足？」

「你不要自虐。」

「什麼自虐？都說了這是假設！If！If！If！」

「這麼看還真是進退兩難啊。寫好，寫不好，都很尷尬。」

「所以說，最好的辦法就是不寫。」

「不寫怎麼行？你不寫，那個高盛的守財奴會告你不是嗎？」

「跟夏洛克[5]一樣的傢伙！那就把簽約金還給他！」

「他要是告你詐欺呢？」

「詐欺？我詐欺他什麼了？」

「他會說你根本沒有寫書的意思，卻拿走巨額的簽約金。詐欺可是刑事案件，先提起刑事訴訟，同時進行民事訴訟。」

「要真是這樣，那個王八蛋在出版業肯定也無立足之地了。哪有人會跟告作者詐欺的出版社簽約？」

「民事訴訟怕是逃不掉的。」

「那傢伙肯定是嫉妒我的才華。為了占有秀智，他必須讓我暴露自己的無能，所以才派秀智來設下這個陷阱。卑鄙的傢伙。以為我會輕易上當嗎？」

「秀智是那麼了不起的女人啊？」

---

5 莎士比亞喜劇作品《威尼斯商人》裡向主人公安東尼奧放高利貸的猶太人。

「他是情人眼裡出西施。」

「沒有什麼好辦法嗎？」

「我會直接去找他談判。」

「他會跟你談？」

「會的。」

「可是話說回來，你寫小說，最終受益的人不是你自己嗎？先不管整件事的內幕如何，最終問世的不是你的小說嗎？」

「像你這麼天真的人才會被資本家利用。」

「我是國立大學的教授，領國家的薪俸，詩集是我自費出版的。」

「你了不起。」

「好吧，你見老闆要說什麼？讓他自己看著辦，反正你要錢沒有、要命一條？」

「我要給他一個他無法拒絕的提議。」

「這不是《教父》裡維托．柯里昂的臺詞嗎？」

「沒錯。」

「那個無法拒絕的提議是什麼？」

「我會保證對他與秀智的關係守口如瓶，也絕不會再出現在秀智面前，連鐘的婚禮和其他家庭活動也永遠不會參加。所以，請你就當我們沒簽過那份合約。我根本不想在你的出版社出書。要我在你那裡出書，還不如封筆呢。」

「你其實根本就不想見秀智和鐘吧？你討厭秀智，對鐘也沒有感情。那個人難道不知道嗎？他會拒絕這種提議吧？」

「他會知道嗎？」

「怎麼可能不知道？他和秀智走得那麼近，自然會知道。而且，如果他和秀智不是那種關係，你豈不是白費功夫了。你又沒有證據能證明他喜歡秀智。」

「是沒有。」

「那不如這樣。」

「怎樣？」

「寫一本他出版不了的書，一本混亂、難懂的書。寫它個一千多頁，就像詹姆斯．喬伊斯的《尤利西斯》那樣，難以一語概括故事情節，也根本搞不清楚故事主題。」

「《尤利西斯》有故事情節，也有明確的主題。」

「其實，我沒看過那本書。它的主題是什麼？」

「窩囊的中年男子亂七八糟的性幻想。」

「那和史丹利．庫柏力克的電影《大開眼戒》主題一樣啊？」

「的確如此。那個把《尤利西斯》判定為淫穢禁書的美國法官可能還滿懂的。有時候，與文學毫不相關的人反倒更能看透作家的內心。」

「所以啊，你就寫那種小說，越淫穢越好，搞不好還能把老闆送進監獄。」

「《尤利西斯》可不是那麼容易寫的小說。」

「誰讓你往好的寫了。寫爛故事不是很容易嗎？」

「那也不容易……特別是像我這種已經到了一定水準的作家。」

哲學哲學沒有理睬我的反駁。

「你應該反過來，把老闆逼到進退兩難的境地，來一場反轉。只要你交稿，就等於遵守合約了。」

「嗯，寫一本一千多頁、混亂而且淫穢、既有實驗性又難以總結的小說。」

「就是這種小說！他肯定不會出版的。最近紙張也漲價了。」

哲學興奮地拍起了手。我們乾杯。哲學再三強調，用一本難以理解和總結的淫穢小說把老闆逼到困境是一個絕佳的好主意。

「這樣一來，你就沒必要去紐約了。」

看到哲學如此掛心我去不去紐約這件事，讓我突然萌生自己一定要去的想法。那就去那裡寫好了。

6

正如老闆所言，他的公寓是「非常古意盎然、傳統的褐砂石造公寓」。交給我鑰匙的管理人是一個波蘭裔的大塊頭，性格非常木訥。這間公寓的室內又破又陰暗，就像長年未曾修理過一樣，透過僅有的兩扇窗戶看到的不是美麗的庭園和燦爛的陽光，而是巨型的通風裝置。打開窗戶，熱氣伴隨著噪音衝進室內，氣勢洶洶好似二戰時德國陸軍元帥隆美爾率領的裝甲師。

公寓附近又如何呢？老闆口中所謂「曼哈頓金融區和蘇活區之間」的這個地方，其實就是唐人街，走過一個街區可以看到很多鮮魚舖，隔街都是販賣中國產贗品的攤位。路面上流淌著餐廳丟出來的食物垃圾製造的污水，臭氣在氣溫和濕度升高的時候會更加刺鼻。這棟公寓隔壁的建築是街友中心，聽說之前是私人經營的慈善事業，後來轉手給市政府運營。

既然都來了，就盡情享受吧。最初我以這樣的心態四處閒逛，去了美術館和書店，但很快就失去興致。深夜，通風裝置嗡嗡作響的噪音害得我惡夢連連。我夢到自己搭乘噪音極大、搖擺不定、非常危險的渡輪前往從沒去過的遙遠國度，但口袋裡的護照不見了。待在公寓裡根本寫不出一個字來，所以我在公寓附近找起咖啡店，但在曼哈頓幾乎找不到一間可以坐下來安靜寫東西的咖啡店。這一切不禁讓我漸漸覺得，想要用一千多頁、總結不出故事主題的小說來為難老闆，簡直是毫無意義的匹夫之勇。每天夜裡，我都要用一瓶紅酒來對抗通風裝置可怕的噪音。最糟糕的是，某天夜裡，兩隻肥老鼠找上了門。夢中的我正在搖擺不定的渡輪甲板上與突然出現的熊打鬥，但睜眼一看，一隻老鼠正站在我的胸口凝視著我。我們四目相對後，老鼠不慌不忙地朝床尾移動而去，緊接著另一隻老鼠沿著同樣的路線經過。我猛地起身、打開檯燈，老鼠立刻鑽進壁櫃裡消失不見了。可能是因為宿醉，我感到頭痛欲裂，一看錶，才剛過凌晨三點。

我心想，家裡也許有頭痛藥，於是翻了一遍抽屜。當我打開窗邊的床頭櫃時，看到了裡面的一盒保險套、眼罩和裝有子彈的手槍。手握真槍時的心情就像走進歐洲風景區的教堂一樣，彷彿從一個世界踏入了另一個世界，置身於生與死、聖與俗的界線一般。手槍的握柄上刻有克拉克的標誌：GLOCK GmbH。在維吉尼亞理工大學校園槍擊案和土桑（Tucson）槍擊事件中，槍手使用的就是克拉克手槍。賓拉登被逮當時，手裡握的也是克拉克手槍。我把手槍放回原位。此時此刻，我需要時間修正我對老闆的想法。我調出腦海中名為「老闆」的檔案夾，加了一個新標籤。#**老闆**｜**華爾街**｜**浣熊**｜**手槍**。現在，他不再是我走好運在華爾街上捕獲的懦弱涜態了。

難道老闆是在委婉地勸我自殺嗎？他把我關進這個不借助酒精根本無法入睡、令人窒息的工作室，利用合約、律師和我的前妻來逼迫我，還像送禮物一樣安靜地放了一把槍在抽屜裡。「作家朴萬壽，因近期遭遇創作瓶頸而罹患憂鬱症，於曼哈頓公寓自殺身亡。」最大的受益人會是誰呢？自然是老闆了！各大書店為了悼念我會布置陳列專區，我的書在短時間內肯定會很暢銷。我那精於計算的女兒會繼承版稅收入，用那筆錢去繳大學的學費。我告訴自己絕不可以做這種讓別人占便宜的事，但等我清醒過來時，還是忍不住去想用那把槍自殺的事。

收拾行李回首爾吧。哪怕去乞求其他出版社幫我還錢也好，總得先保住性命再說啊。在這裡繼續住下去的話，怕是會喪命的。我一邊吃早餐一邊思考著，突然間，玄關門「嘎」的一聲被打開了，只見一位目測大約三十歲出頭的女性拉著大行李箱走了進來。她有著可以瞬間令平凡男性害羞的傾國傾城美貌。

「妳是誰？」

女人顯得比我還要吃驚。行李箱就像昏倒了一樣，「哐」的一聲倒在地上。

「你又是誰？」

「妳的鑰匙是從哪裡來的？」

「能從哪裡來？這是我的鑰匙。」

「我是寫小說的朴萬壽。」

女人似乎對文學毫不感興趣，即使我報上大名，她也無動於衷。

「出版社的老闆說，這裡是他的公寓……」

女人這才明白了狀況，扶起倒在地上的行李箱。

「你別愣在那裡，幫我一下好嗎？」

我接過行李箱推進室內，女人道出老闆的名字。

「那傢伙竟然擅自作主把我的公寓借給你住？」

女人是老闆正在分居中的妻子。我調出腦海中名為「老闆」的檔案夾，又追加一個標籤：#**老闆**—**華爾街**—**浣熊**—**手槍**—**美女**。

「我正打算收拾行李回國呢。」

「啊，是喔？」

女人雙手抱胸看著我，意思是讓我趕快收拾行李走人。

「啊，我的意思不是現在就走，我打算過幾天再回首爾。」

「那怎麼辦？這裡只有一張床，連沙發也沒有。」

「說的也是。」

「說的也是？這裡可是我的家。」

女人不耐煩地咂了一下舌頭，拿出手機，側過身來。女人的側影更為迷人。她是模特兒嗎？這樣的美貌怎麼看也不像一般人。老闆到底是怎麼想的，怎麼會跟這麼美的老婆分居，選擇跟秀智那種鄉巴佬交往呢？

女人在電話裡跟老闆展開舌戰。他們先針對公寓的所有權展開第一輪爭論，接著歷時三十多分鐘互相批評彼此的性格與品行。我不是故意偷聽，但這麼小的地方也無處迴避，無奈之下只好從頭聽到尾。從他們的對話可以得知，老闆偶爾會對女人行使暴力，而且刻薄吝嗇，兩人之間累積了無可挽回的不信任與怨恨。但如此可貴的資訊，卻被女人掛斷電話前一語驚人的宣言徹底沖淡了。這位因為自己正當的所有權受到侵害而怒髮衝冠的美女放話說，既然是這樣，那我只好和他睡一張床了。

我這一生毫無根據地堅信，若是與貌美如花的女子走得過近，必定會招致殺身之禍，而且也一直努力不讓自己陷入這種脫線喜劇般的尷尬境地，但眼下的狀況正逐漸演變成一齣由貌美如花女子主導的脫線喜劇。女人掛斷電話後，一臉平靜地看著我。

「因為時差，睡不著，我有點餓，你有拉麵嗎？」

雖然我沒有期待她說「氣死我了，簡直忍無可忍，不如我們假戲真做，你趕快去洗澡到床上來吧」，卻也沒想到她會叫我去煮麵。女人走進廁所，卸好妝、洗完臉出來，吃了我煮的麵。我把空碗丟進水槽後，開了一瓶紅酒。為了不讓彼此尷尬而開始的飲酒一直進行到深夜，話題自然而然地延伸到夫妻間難以啟齒的話題。雖然我不擅長誘惑女性，但誘導對話還是有一手的。

她和我一樣姓朴，名叫映萱。我們共同的敵人老闆成了下酒菜，不知道喝了多少瓶紅酒後，我們一起倒在床上睡著了。等我醒來的時候，已經正午了。啊，她真是一個言出必行、很講信義的女人。如此丰姿綽約的身體，正一絲不掛地躺在我身邊。我敬拜過上帝的無所不能和無盡的愛之後，撿起地上的內褲穿好，走進廁所抽了根菸。雖然我記不起發生了什麼事，但可以肯定的是，已經發生了什麼無可挽回的事。我沖好馬桶走出來的時候，上帝的禮物仍放在床上。

我被無法抗拒的力量牽引到書桌前坐下來，打開筆電，點開至今為止一行字也沒寫的Word檔。我把手指放到鍵盤上，除此之外，什麼也沒做，手指卻自己動了起來，彷彿指尖長出了小型的大腦。瘋狂地寫作，這句話彷彿是為了此刻而誕生的。文章猶如傾盆大雨下滿了畫面，我就像在玩打字練習遊戲一樣，「各種文章正在進攻地球，地球守衛隊打字冠軍朴萬壽消滅了它們！」反正是不會出版的小說，何必在乎人物和內容呢？這本淫穢、難懂且非常實驗性的小說以男主角逗留在紐約的中華街，體驗了一場奇異的性冒險拉開序幕。我瘋狂地寫了一百多頁，相當於一個短篇了。我一看錶，才剛過去兩個小時而已。自我登上文壇以來，還是第一次體驗到這種驚人的文字產量，所以連我自己也不敢置信。這怎麼可能？這樣寫下去沒關係嗎？因為沒有進行自我審查，所以故事就像煞車失靈的汽車一樣一路狂奔。我的眼前浮現老闆收到原稿時面露難色的表情。與此同時，我瞥了一眼他那懶洋洋躺在床上的老婆，手指依舊在鍵盤上歡快地舞動著。

因為時差，下午才睜開眼的老闆老婆問道：

「你那麼認真在寫什麼呢？」

我們什麼時候講話不使用敬語了？

「嗯，小說。」

「喔，對了，你說你是小說家。」

「我之前很有名的，妳沒聽說過《死亡的腳趾甲》嗎？那本小說是我的處女作。」

也是我的代表作。

「去死吧腳趾甲？沒聽過。」

她就像美國電影裡的女演員一樣，用床單包裹住身體，走到我身邊。

「你打字好快啊。」

我的手指始終沒有停下來，持續打出文字。

「你真的在寫腦子裡想像的東西？不是在打國歌歌詞？」

我沒做反應，又寫了幾行字。映萱親吻了一下我的頭頂。

「真了不起。好帥喔。簡直就是打字達人，鍵盤都要被你敲壞了。」

我停了下來。但即使手停下來，那一瞬間，文章仍在我的腦海中發出「嗖嗖」的聲響疾馳而過。我大喊道：

「拜託妳能不能安靜點？怎麼那麼多話啊？走開啦，讓我寫小說。」

映萱嚇了一跳，轉身離開。一陣沙沙作響的聲音過後，她「哐」的一聲摔門走了。我沒理她，繼續寫小說。不知過了多久，她拎著中餐回來。那時我仍坐在書桌前，不，應該說我正身處在另一個世界。那裡既不是紐約，也不是首爾，而是所有城市的中間，世界的空隙，靈魂與肉體的夾層，文字與世界的門檻。我初次體驗到、近似於光速的寫作，也給她留下了深刻的印象。

「不會吧，你還在寫？」

我穿著內褲，一次廁所也沒去，一杯水也沒喝，從早上一直坐到現在。映萱放下塑膠袋，走到我身後，把雙手放在我的肩膀上。她那宛如絲綢般溫柔的手撫過我的胸口，朝我的胯下滑去。

「天啊，這、這、這也太硬了吧。你該不會一直都處在這種狀態吧？」

聽到她這麼說之前，我完全沒意識到那裡是勃起的。她就像撫摸鬱金香的花苞一樣，小心翼翼地撫摸著高高鼓起的內褲。我感到小腹隱隱作痛，就像被人打過一樣。很顯然，在寫作的過程中，血液都匯集到那裡了。

「好了，拜託妳走開？沒看到我在寫東西嗎？」

但她沒有就此退縮，反而像是要誘惑徐敬德的黃真伊一樣，向我發起猛攻。她的手伸進我的內褲，舌頭舔著我的乳頭。我再也無法堅持了。我猛地起身看向她，椅子朝後翻了過去。她以為我會像剛才一樣發火，連忙往後退了幾步，但我快步上前猛地抱起她，丟到床上。啊——她發出尖叫聲，我朝她撲過去。當我們瘋狂做愛時發出的叫喊聲蓋過大型通風裝置的噪音時，隔壁鄰居敲牆發出抗議。但即便在那樣的瞬間，我的手仍愛撫著她的全身，將無數無法解讀的文字輸入她的體內。這場驚天動地的性愛結束後，我們躺在床上一邊吃著冷掉的中餐，一邊喝著紅酒。她搖了搖頭，用一副不可置信的表情撒起嬌來。

「再來一次？」

聽我這麼一說，她嘻嘻笑著跑進浴室。她從我眼前消失後，我立刻回到書桌前，而且才剛坐下來，便意識到性器猛然之間又勃起了。我接著剛才的內容繼續寫下去。反正這是無法出版的淫穢、實驗性、不連貫的小說，所以沒必要回頭去看之前寫的內容，人物的一貫性也不重要，只要寫下去就可以，內容多離譜也沒關係。

她從浴室走出來，站在那裡。我看著她。啊，上帝創造了如此美麗的女子，狡猾的她在用浸濕的身體誘惑我。但我無法從椅子上站起來，因為我的手正忙著敲打鍵盤。

「還寫？幹嘛？你是怪物啊？怎麼可以不休息一直寫呢？」

「很奇怪，我就是想寫，根本停不下來。」

當我用眼神愛撫她濕漉漉的身體時，手指仍在鍵盤上敲個不停。

「你知道有多少男人想跟我睡覺嗎？」

「嗯，我感激不盡，也許正是託妳的福，我才可以這樣寫下去。我從來沒有這樣過，所以妳也可以引以為傲。」

「這麼說來，我是滿有成就感的。那我該做什麼呢？」

「我要妳脫光躺在床上。。」

第二和第三天也是類似的狀況。映萱會出門見朋友、購物，但不管她去哪裡，我都待在公寓裡沉浸在自己的小說中。我在老鼠四竄的房間裡，一直寫到小腹脹痛。雖然當初是以開玩笑的心態動筆，但欲罷不能的寫作讓我的靈魂與肉體發生了化學反應。也許這就是我夢寐以求、所有創作者苦苦找尋的頓悟瞬間：靈感降臨。現在，我才終於有了成為真正作家的確信。至今為止，我不過是在效仿作家罷了。也許只是因為我運氣好，所以處女作大獲成功，大家才會給予我作家的待遇，而我也只是欣然接受而已。因為截稿日，我不得不寫作，但即使交出了原稿，內心深處也還是很不安。但如今，一切發生了一百八十度的變化。我現在寫的小說、創造的人物在引領我前行，他將我推到我的靈魂至今為止從未抵達的境地。當記者問史蒂芬·金何以如此高產量時，他回答說：「我反倒很好奇。其他作家每天不寫作的話，那段時間他們都在做什麼？」啊，他已經抵達了那種境地，體驗了那種喜悅。我追隨著他的腳步，打破了瓶頸，進入了新的次元。頓悟這一點以後，我才發現原來世上只存在兩類作家。一類是像史蒂芬・金、巴爾札克和現在的我一樣，沉浸在入迷的狀態、能夠忘我地寫作的作家，然而不幸的是，另一類是在編輯的催促下虐待自己、勉強截稿度日的作家。在來紐約之前，我是典型的後者。

閱讀列印出來的原稿，讓我更震驚了。雖然內容尚未進入斟酌推敲的階段，但裡面隱藏著璀璨奪目的寶石。令人印象深刻的主人公，跟隨著既變態又混亂的意識流展開的故事，如同蔓藤植物一般延伸開來，充滿創意的情節一直到最後也沒有失去對位法式的緊張感。喔，上帝，這真的是我寫的故事嗎？

為了充飢，我隨便吃了幾口映萱帶回來的食物。我們在床上纏綿片刻，待她進入夢鄉後，我便又坐回書桌前，敲打起鍵盤。雖然難以置信，但這十天來我真的沒有闔過眼，只有在大便的時候稍稍打過幾次瞌睡。這些天，只有激烈的性愛與瘋狂的執筆。我們反覆上演著如下的場景：全裸的美女從浴室出來，朝坐在書桌前寫作的我爬來。我一邊央求「拜託，不要靠近我，妳看不見我在寫小說嗎？」一邊強迫自己再多寫幾行字，但最終抵達書桌下方的美女歡喜地用嘴含住了我高高勃起的性器。我忍無可忍猛然起身，抱起她丟到床上。激戰過後，我再坐回到書桌前。事實上，與絕世美女展開激烈的性交是我為了重返書桌而必須付出之催人淚下的努力，但這世上又有誰會理解我？

「你身上有味道。」

映萱用力嗅著躺在床上的我。仔細一想，這十幾天來我都沒洗過澡。

「好像禽獸喔。」

「那我去洗澡？」

「不，我喜歡這樣。」

我們再次相擁纏綿。激戰過後，我睡了十天來的第一覺。

7

「喂，喂！」

有人在戳我的太陽穴。因為睡得太熟，我迷迷糊糊的，不知道自己是在紐約，還是在首爾。從意識最深處傳來的聲音是我的母語，但不確定講話的人是男是女。我睜開眼睛。咯噠，入侵者打開檯燈，整個房間亮了。

「起來，你這個傢伙。」

是浣熊。藉助著燈光，我看清了他的臉。映萱緊貼著我。她早就醒了。

「你這是在做什麼？」

我大吃一驚，問道。

「我才想問你這個問題呢。你這是在做什麼，跟別人的老婆，嗯？」

浣熊一邊大喊，一邊稍稍抬起右手。映萱發出「呃」的一聲，隨即摀住自己的嘴。浣熊手裡的搶有如狂熱信徒手中的十字架。很多男人和有夫之婦同床共枕時，被憤怒的丈夫一槍打死的畫面從我腦海中一閃而過。如果說這輩子最不想經歷一件事的話，那就是光著身子睡覺時，被不速之客叫醒，然後與之展開不愉快的對話。

「別這樣，他沒有錯。」

映萱說：

「朴老師才剛闔眼。他這十天一直在寫作，都沒睡覺。」

「哼，妳覺得我會相信嗎？」

老闆的槍口在我眼前晃來晃去。

「她說的是真的。靈感突然就來了，文章躍然紙上，根本停不下來。」

「少說謊了！跟這種女人在一起，怎麼能寫作？你以為我不了解她嗎？不用想也知道，你們肯定都沒下過床。妳這個臭女人！花痴！色情狂！」

「你肯定是誤會了。我跟你說，我這個人天生純潔，創作時根本不會發情，血液都集中在腦部了，怎麼可能勃起。這可是很多絞盡腦汁創作的作家都深深有感的事。我寫了十天，這顆頭才剛沾到枕頭。我說的都是真的。」

老闆一聲不吭，拿起了床邊的垃圾桶，裡面都是我用過的保險套。老闆「哐」

的一聲把垃圾桶摔到地上，接著舉起槍對準映萱大吼大叫起來。看到滿是我的精液的保險套後，他更加憤怒了，不堪入耳的髒話從他的口中連篇吐出。雖然映萱又是哭又是求饒，但老闆的怒火始終沒有平息下來。從他們當面對質的內容可以得知，兩個人在紐約生活期間，映萱也沒少帶男人回來過夜。

我動作緩慢地爬下床，取來昨晚列印出來的初稿。

「你看，這是我寫的初稿，請過目。雖然發生了令人不愉快的事情，但我真的寫得很認真。當然，這只是初稿，還沒經過斟酌推敲。請你在看的時候，將這一點放在心上……」

老闆一臉疑惑地瞪著我。他舉著槍命令說：

「你們倆去那邊面牆坐著。這附近的治安可不好，就算我一槍殺了你們，警察也只會以為是強盜幹的。再說，你們倆都姓朴，警察一定會以為你們是夫妻，不會往婚外情那麼複雜的方面想。ＣＳＩ根本信不過。在美國發生的殺人案中，三分之一最後都變成懸案。你知道為什麼嗎？因為每個人都有槍。趕快坐到牆那邊去！」

我們用床單裹住身體，聽從老闆的指示，面牆而坐。映萱把手伸到床單外，我握住了她的手。之前我為了寫殺人案的小說進行過採訪，據那些採訪內容顯示，在美國發生的殺人案中百分之八十七都是男性犯罪，死者大部分也都是男性——準確地說，是百分之七十五左右。為什麼男性殺害男性呢？不用想也知道，肯定與女性有關。我又想起一個讓人大冒冷汗的統計數據。在加拿大發生的殺妻案中，高達百分之六十三的殺人原因竟然是因為妻子提出分居。我現在身處的狀況正是重案組教範裡會出現的案例。

老闆好像在看稿。我從來沒有像現在這樣，把稿子交給出版社的老闆後感覺如此緊張。這世上竟然會有一手持槍的編輯。也許這是所有編輯夢寐以求的吧？闖進耍滑頭、不按時交稿的作者家中，奪下稿子後當場判決：如果寫得好就饒他一命，如果寫得爛就一槍斃命。如果是連初稿也沒動筆的人呢？不用廢話，立刻砰、砰、砰。黑手黨不是有這樣一句名言嗎：「一句好話加一把槍，比一句好話管用多了。」

在通風裝置的轟隆嘈雜聲中，翻閱稿子的沙沙聲從我們背後傳來。這是一個好兆頭，因為他讀完第一頁沒有丟掉稿子，而是繼續讀下去。還是新人的時候，我也是這樣魂不守舍、心急如焚地觀察秀智閱讀初稿時的反應。如果她一句話也不講，我就會不安，不由得猜想：難道是因為很無聊嗎？如果她換個坐姿，我也會焦慮難安，擔心她是不是讀不下去了。就這樣，不知從何時開始，秀智再也不看我的稿子了。

時間緩慢地流淌著，我老實地坐在那裡等待老闆讀完稿子。每當我懷疑他是不是在打瞌睡的時候，都會傳來翻頁的聲音。我就像《一千零一夜》裡的說書人山魯佐德——在暴君身邊又多活了一天那種感覺——聽到翻頁的聲音才能安心。

「朴作家。」

浣熊終於開口叫了我一聲，聲音比剛才平靜許多。難道這就是文學淨化人類粗暴情緒的力量？

「請說。」

「你寫的這是什麼啊？」

「怎麼了？沒有意思嗎？」

「不是，有意思，但這是在講什麼啊？」

「有意思不就行了嘛，講的是什麼不重要！」

「日帝強占時期的馬戲團故事呢？這讀下來都是色情的內容。」

「啊，我改變計畫了，作品方向類似詹姆斯．喬伊斯的《尤利西斯》……」

老闆嗤之以鼻。

「這種事在出版業很常見嗎？」

「嗯，當然了。會照原訂計畫去寫的，都是大眾和類型小說。像我這樣，突然轉變方向、抵達意想不到的地方才是文學。出版業本來就是這樣的。」

「不是，我是問作家和出版社老闆的老婆通姦，這種事常見嗎？」

老闆的語氣又變凶狠起來。

「……不常見。」

「是吧？」

「那老闆和編輯上床呢？常見嗎？」

我小心翼翼地反擊。

「我剛進出版業沒多久，哪會知道這種事。」

「你不知道？」

「嗯，不知道。」

手裡有槍的人是他，不是我，所以我只好讓步。

「啊，你是覺得我和李部長之間是那種關係？你這是以己度人。我有什麼想不開的，跟你的前妻搞在一起。真是的。據我所知，李部長在跟別人交往。你不知道是誰？聽說是哲學系的教授，人家還寫詩呢！」

「寫詩的哲學系教授？你確定？」

我大吃一驚，喊道：

「你認識他？」

「李部長拿來原稿說可以出詩集，我覺得很可疑，所以調查了一下，結果發現他們是那種關係。」

「不會吧，那個王八蛋。」

「看樣子，你們認識囉？不過話說回來，你現在好像沒有資格因為這種事發火吧……」

難怪哲學經常問我老闆和秀智的關係，還問什麼「秀智是那麼了不起的女人嗎？」那王八蛋竟然敢戲弄我。無論我說什麼，他都一臉鎮定自若的表情在那裡煽風點火。秀智和他竟然是那種處理沉重的「做愛」觀念的關係？啊，我需要一把槍！我要逼問哲學，你覺得你那沉重的觀念能贏過我這輕快的子彈嗎？

老闆把稿子丟到桌子上。

「好，忘掉那些不愉快的事吧，反正你也不能活著回去了。關於這本小說，我的想法是這樣的：這是垃圾。你是想捉弄我吧？你寫這種小說的意圖到底是什麼？」

「怎麼能說是垃圾呢？真讓人無法理解。當然，我得承認，我寫這本小說的動機不純正。不，應該說是不明確。但是我一下筆，神奇的事情就發生了。所有的作家都會有這種經驗，寫著寫著作品就背叛了自己。以我這次的情況來講，這本小說超越了我，超越了我卑微的文筆與思想，獨自狂奔到了驚人的境界。也就是說，這不是作家朴萬壽寫的，而是藉助我的手寫成的小說。就像耶穌藉助聖母瑪利亞之身來到這個世界一樣，這本小說也將以這種方式降生於世。用基督教來打比方，或許會惹一些人不開心——也是啦，如果是禪僧，也會不滿這種比喻。」

「你是覺得在華爾街只認錢的我很好騙是吧？」

「我可沒那意思。」

「你知道我在高盛是做什麼的嗎？」

這個嘛……我只記得ＯＰＭ。

「我做的事是準確計算債券的價值。知道什麼是債券吧？簡單來說，就是債。我這個人呢，在計算債券方面可從來沒有出過錯。我收購了這間該死的出版社後才發現，你們都是債券。你們這群所謂的作家，都是拿了簽約金但不交稿的惡性債券，而你是惡中之惡！」

「你這話也太……」

「你連我老婆都上了。這是可以輕易償還的債嗎？你只能用ㄇ……」

老闆一時激動，口吃了起來：

「ㄇ……ㄧㄥ……命來償還這筆債！」

「你是帶著成見在讀這本小說，所以……」

「成見？你聽不懂我的話嗎？你以為我在高盛是靠成見來評估債券，才賺了那麼多錢的嗎？我可是個很無情的人。」

「這本小說真的很不同。」

「我讀過你所有的小說。說實話，我都很喜歡，但這本小說連你那少得可憐的優點都沒有。總而言之，它簡直就是敗筆。」

「才不是你講的那樣。」

映萱插嘴。

「什麼？妳也讀了？妳不是不懂小說嗎？」

我和老闆一樣驚訝，沒想到她也讀了我寫的東西。

「不懂的人是你。你就只知道錢。我以前讀很多小說的，自從跟你在一起以後，我才疏遠了小說。」

「所以，妳的結論是什麼？」

作家都很想知道讀者的看法，無論那位讀者有沒有穿衣服。映萱美麗的雙唇一張一闔地說：

「是，我是不懂文學，但我懂小說。這本小說棒極了。雖然不理解主人公的想法，也不知道情節是怎麼展開的，但還是會吸引人一氣呵成讀下去，就像吸了一口很濃的紅豆。」

「什麼是紅豆？」

老闆代替她回答：

「連紅豆是什麼都不知道，還當什麼作家。毒品、大麻啦。」

「他真的寫得很認真，打字超快，整天熬夜，連覺也沒睡……」

我揪著一顆心，生怕她把我身體特定部位的神祕狀態也講出來。幸好，她還是有自覺的。

「他就像被什麼附身了一樣，在這種狀態下寫出來的東西肯定和之前的作品不一樣。你不是也讀得很開心嗎？」

浣熊皺起眉頭。

「看來我和你們倆的文學見解不同。所有的瘋狂不見得都是藝術的靈魂，就像既放聲祈禱又說方言[6]的人不可能都是聖人一樣。很多垃圾作品也很容易讀下去。再說了，作家又不是打字達人，打字快又能怎樣？好吧，這本小說可以出版。就以作家朴萬壽最後的作品、未完成的遺稿來出版，這樣公司也能賺回簽約金。嗯，運氣好的話，還能暢銷大賣。啊，我們可以告訴媒體，這是你在紐約中槍身亡之前寫的小說，說不定還能起到宣傳的效果。這些稿子少說也有一千頁，一本書的份量有了，至於沒完成的結局，就留給讀者自己去想像好了。大家一定會很惋惜。啊，如果他能完成這部作品，說不定會是畢生的傑作。這種方法真的很不錯耶。朴萬壽，為了你那些作品的命運，最好你現在就了結生命。」

「不，難道您不好奇後面發生的事嗎？映萱也說很有趣了啊！您就給我一個機會，讓我寫完這本小說吧。」

「小說總要有故事情節，才能讓人好奇接下來發生了什麼事。你寫的這個故事也就那麼回事而已，讀完後一點也不讓人好奇。我好奇的是，這裡即將要發生的事。映萱，我從很久以前就想殺了妳。妳不會知道這件事我想了多久。妳在我

6 Speaking in tongues，宗教活動的一環，指流暢地說類似話語的聲音，但通常無法被人理解。

的想像裡已經死了無數次。我試圖讓想像變成現實，但每次準備動手的時候都會發現計畫存在漏洞，所以我修改了一次又一次。今天就是最完美的計畫。所謂的殺人計畫就像移民一樣，一旦產生這種想法，就再也停不下來。」

映萱氣呼呼地說：

「你以為我就沒有想要殺死你的時候嗎？什麼事你都堅持自己是對的。你以為這次的計畫就完美了？你可別搬起石頭砸了自己的腳！要是我死了，你就是最有嫌疑的人。這裡可有你的入境紀錄！」

「妳放心，我已經做好完美的不在場證明。」

為了不讓他們的情緒更加激動，我趕快插嘴說：

「完美的不在場證明？那才是假象，一定會有漏洞的。作家也是一樣，大家提筆前都以為自己構想得很完美。可結果呢？還不是漏洞百出。當故事進入正軌以後，人物就自己活過來了，接下來就變成與預期完全不同的故事。依我看，你有強迫症，就跟非要照計畫來不可的小孩一樣。好了，把槍放下。殺人可是無法挽回的事。怎麼可以輕易殺人呢？人生又不是一場遊戲！」

「住口！你就知道花言巧語！你這麼懂，小說怎麼寫得那麼爛啊？」

老闆再次舉起槍。

「話已至此，我就提一個你們無法拒絕的提議吧。」

老闆從口袋掏出兩個藥袋丟給我們。

「看你們都不滿意槍，那就再給你們一個選擇，要不吃藥，要不吃子彈。」

「這是什麼藥？」

「不知道是什麼藥才有意思啊。可能是氰化鉀，也可能是安眠藥。如果你們不吃，我就立刻扣下扳機。你們不用擔心，這一區就算夜裡聽到槍聲也沒有人會報警的。」

「等一下。」

映萱說：

「你的意思是，吃了可能會死？」

「嗯。」

「你真的想要我死？你這個可惡的人。」

「嗯，我再也無法忍受妳了。不，應該說，我再也無法忍受想殺了妳的慾望。」

「我同意離婚，這次是真的。」

「離婚太花錢了。再說了，離婚的話，我長期以來的想像豈不是化為烏有了。」

「你這個混蛋。」

「妳怎麼開心就怎麼罵，反正妳也沒多少時間了。」

映萱咬住嘴唇。我悄悄瞥了一眼她美麗的側臉。難道浣熊真的要摧毀這麼美的肉體嗎？映萱優雅、矜持地翹起二郎腿，一臉絕望的樣子把藥袋攥在手裡。我垂著頭、呆呆看著藥袋。在華爾街取得成功的傢伙就是不一樣，協商能力高人一籌。我們只能二選一，要嘛死在中彈必亡的槍口下，要嘛服下僅有一半活命機會的小藥丸。但如果這藥是致命性的毒藥，豈不是成全了殺人犯，因為無論在誰看來，這就是服毒自殺。這種設定如果放在小說裡也許很不怎麼樣，但在現實生活中，可是相當不錯的情節。

「最後，我想拜託你一件事。雖然小說沒有完結，但請用心幫我編輯、校稿。順便說一下，秀智很會改我的稿子。」

老闆丟過來紙和筆。

「服了藥也不見得會死，所以在服藥以前，我們來做一個約定。如果你們服了藥也沒死的話，就把今天發生的事忘掉，不再追究，全當是一場惡作劇。我不會再計較你們通姦的事，你們也不可以去報警。怎麼樣？寫一張切結書吧。」

「我寫，我寫。」我趕快拿起筆。

「寫什麼由我來決定。」

我更用力地握緊了筆。

「我原諒一切。我原諒任何不可饒恕的事情，所以也希望大家可以原諒我。」

「嗯？這也太像遺書了吧？」我提出抗議。

「當然，根據不同的觀點，也是可以有不同的解釋。」

老闆的嘴角稍稍上揚了一下。他把槍口頂在我的眉間說：

「還不趕快寫？」

我只能照他說的去做。現在連遺書都有了，他的殺人計畫徹底完美了。我抬頭看向老闆，對他刮目相看。他不是一個因為戴了綠帽而被憤怒沖昏頭的男人，他的計畫周全、無懈可擊。就像拼圖一樣，每一塊拼圖都擺對了位置。現在想來，英語中的「Plot」可以翻譯成「陰謀」，也可以翻譯成「布局」。罪犯和作家有相似之處，兩者都要先做出縝密的計畫，然後再來執行。如果計畫得不夠周全，就會被人抓住漏洞，有時也會掉進自己設的陷阱。我在這間公寓裡寫的小說，可以說是沒有固定框架的故事，相反的，老闆的陰謀是非常有層次卻十分庸俗的推理小說。儘管如此，贏家還是他。難道說，這意味著有層次的故事情節最終都將勝過不得要領的敘事嗎？這是多麼驚人的領悟啊？我望向坐在一旁靜靜地準備接受死亡的映萱。她是這場犯罪最後的一塊拼圖，是這種故事中一定會登場的蛇蠍美人。但身為即將迎來死亡的人，這個女人未免也太乖順了。

「等一下！」

我舉起手。

「又怎麼了？」

「我可以和她交換藥袋嗎？」

「為什麼？」

「如果是一樣的藥，交換也沒關係吧？怎麼？不行嗎？有什麼不可以交換的理由嗎？」

老闆眉頭緊鎖。

「你確定你不會後悔？」

映萱緊緊攥著藥袋不肯鬆手。

「給我。」

我從她手中搶過藥袋，做了交換。

「你以為這樣就能改變結局嗎？」

老闆問道。

「那也說不定……」

「嗯……你知道你這個人有什麼問題嗎？你對自己的人生一點也不認真坦誠。你以為這是你現在在寫的小說嗎？在這裡，你不是作家，而是登場人物！你就是一個應變數[7]。明白了嗎？」

7 dependent variable，一個數或量，其值依賴於同一個數學運算式中另一項的值。

我撕開藥袋，一顆白色藥丸滾了出來。

「好了，現在把藥放進嘴裡。你們再不吃，我就要開槍了。我急著去廁所呢。我數一、二、三，你們同時吃下去！快點！一、二……」

他舉起槍瞄準了我。我緊閉雙眼，把藥丸塞進嘴裡。藥丸一碰到舌頭，苦味就散開來。喂，浣熊，你說我只是一個登場人物？胡扯什麼！我一直都是這本晦澀難懂、淫穢、名為「自己」的小說的作者，也是沒有特定情節、沒有人願意出版的故事的主人公。你說我是應變數？開什麼玩笑？我是這個故事的作者、第一人稱的敘事者、故事的終結者。能結束這個故事的人不是你和你老婆，而是我，只有我能在最後畫下「句點」。

但為什麼……還沒結束呢？

我緩緩地睜開眼，感覺房間稍稍變大了。不，是變得很大。天花板很高，玄關也離得好遠。不知何時，公寓裡的傢俱全部消失了，椅子和床，連窗戶也不見了。

這裡好像監獄一樣。那邊的條紋，是鐵窗還是壁紙呢？我轉頭看向老闆所在的地方，他的樣子好奇怪，好像在慢慢地發生變化。他的頭頂長出紅色的雞冠，接著嘴巴也漸漸凸起，變成又短又尖的鳥喙。我身邊傳來「噗噠、噗噠」的聲響。映萱也在變身。她細長的手臂變成了翅膀，美麗的腳也分出三個叉。兩隻巨大的雞正目光凶狠地盯著我。我感到腿軟無力，自己變得越來越小，房間反而變得越來越大。咕嚕咕嚕，咕嚕咕嚕。那兩隻雞伸長脖子發出怪異的叫聲。咕嚕咕嚕——咕嚕咕嚕——好可怕，我太害怕了。

……

終於，那句話穿破迷茫的意識霧氣，漸漸呈現出形態。我出聲唸著那句話。

我不是玉米。

我不是玉米。

我不是……

但我總覺得光憑這一句話是不夠的。

西裝

——錯失

接到後輩智勳來電是在十二月中旬。當時的紐約正下著大雪，市內交通近乎癱瘓。智勳說有急事要來紐約，但剛好趕在聖誕節前後，很難訂到飯店，所以問我可不可以在我家借住幾日。我說，我和妻子住的公寓只有一間臥房，如果他不介意睡雙人沙發的話就過來。

我和智勳平時不熟。他在出版社擔任編輯，也會寫詩。他是文學季刊上的詩人，也是出版社有能力的編輯，但與我沒有什麼交集。很特別的是，通常在出版社工作的文人都會做國內文學，他卻是美國文學的專家。如果非要找出什麼交集的話，那就是他是妻子婚前就職的出版社同事而已，但妻子不記得共事時與他有過什麼交談。妻子說，他是一個用書籍壘牆砌壁、將自己與世隔絕後，整日埋頭看稿的人。可想而知，這樣一個人會開口拜託我，一定下了很大的決心。

智勳搭計程車來到我們位於布魯克林的住處。他說，之前因為小說版權的事來過紐約兩次，但這是第一次來布魯克林。智勳只帶了可以手提登機的行李。他再三低頭致歉，覺得給我們添了麻煩。從下計程車走到公寓的這段短暫時間內，雪花落滿了他的雙肩。他仔細抖掉身上的積雪，在玄關地墊上用力蹭去鞋底的水漬。我們一起吃了晚餐。我們問他為何如此匆忙趕來紐約，智勳猶豫了好幾次，最後才道出事情的始末。

「我父親去世了。不，應該說，我聽說他去世了。」

「他住在紐約嗎？」

我問。

幾天前，智勳收到紐約一名偵探的郵件。主要負責編輯推理、犯罪小說的他要讀懂那封英文郵件並不難。起初，他還以為是誰搞的惡作劇。

「這也太像保羅·奧斯特的小說了。」

「而且背景還是紐約。」

「是啊。」

郵件內容表示，不久前他的父親在皇后區去世了，遺言裡寫到希望能找到自己唯一的兒子，拜託他把自己的骨灰撒在韓國。那封信裡還提到，雇用偵探的人是與他父親同居的女人，此外還附上他母親的姓名（甚至還標記了韓文），以及他的出生日期。日期確實大致相同，但父親記得他的生日是一九八〇年二月七日。

「直到現在為止，我一直以為我的生日是三月十日，戶籍上也是。可能父親的記憶更準確，也有可能是他把陰曆和陽曆搞混了。」

智勳的母親在他十五歲那年去世了。母親在臨終前把他叫到床邊，詳細地講了關於父親的事情。父親比母親小兩歲，與母親一樣都是專攻美術的學生。他們在大學相識、戀愛到同居，但在智勳出生後，父親便離開了母親。

「我是在八〇年出生的。」

智勳苦笑著說：

「所以我問母親：『他是不是因為捲入了『首爾之春』，還是光州民主化運動呢？』」[8]

但母親根本不記得一九八〇年發生過那些事。

「那個男人一點都不關心國家的事。他很奇怪，只活在自己的世界裡，但是

8 「首爾之春」是發生在一九七九年十月二十六日至一九八〇年五月十七日期間、以大韓民國首都首爾（當時仍名為漢城）命名的近代民主化運動。「光州民主化運動」，又名「光州事件」，是於一九八〇年五月十八日至二十七日期間發生在韓國西南部的光州與全羅南道地區、由當地市民自主組織發動的一次民主運動。

因為心軟，所以身邊總是有很多女人。後來我才知道，除了我以外，他還有很多女人，只是我不知道罷了。」

智勳的母親靠在公寓的客廳裡教社區孩子畫畫為生，撫養智勳。有很多「叔叔」來家裡過夜，但母親只有他一個孩子。智勳在談論他母親與男人的關係時，妻子可能是覺得聽得不舒服，突然起身去削水果。我們吃著餅乾又聊了很久。智勳十分平靜，像是在談論別人的事一樣。有的人雖然膽小、性格內向，但只要一開口，就會很果斷、冷靜地透露一切。我記得從哪裡聽說過，吹哨人都是這樣的性格。他們平時不愛張揚，都是安靜做事的人。

有人在美國見到智勳父親的消息，經過各種管道傳到他們母子倆的耳裡，但在八〇年代一般民眾很難辦護照出國。進入九〇年代後，母親開始與癌症搏鬥。診斷出罹癌的五年後，母親去世了。

「編輯犯罪小說，最常看到的就是『偵探』這個字眼，但誰想得到我會收到偵探來信呢？」

智勳說。

「他在美國做什麼？」

「聽說是畫家，畫畫的。他只有那個一技之長，還能做什麼。」

提到父親時，智勳的臉變得扭曲。心存怨憤，這也是理所當然的。

「如果他沒有離開你們，你覺得自己會成為與現在不同的人嗎？」

妻子戳了一下我的側腰。智勳回答說：

「應該不會寫詩吧。」

「那會做什麼？」

「畫畫。因為我媽教小孩畫畫，所以我也自然而然地在一旁跟著畫。但每次她看到我畫畫，都會用木尺打我的手背，說男人畫畫都會變成痞子，要我用功念書、多讀書。就像逼左撇子一定要用右手一樣，即使我很喜歡畫畫，卻還是選擇了寫詩，所以我寫的詩才會那副模樣。」

我很想客套一下、稱讚他寫的詩，但我沒能說出口。其實，我不喜歡他寫的詩。對於別人的文字，文人不喜歡就會保持沉默，這樣才不會欺騙對方。妻子替我安慰了他。

「不要這樣講，很多人很喜歡你的詩呢。」

聽到妻子的話，他沒有沾沾自喜。我突然很欣賞他這一點，所以打算日後再翻翻他的詩，說不定有什麼我沒發現的東西。

隔天一早，智勳早早起床，準備出門。不，他可能一夜沒睡。妻子準備了貝果和咖啡，但他一口都沒動。出門的智勳穿了一套黑西裝。

「總覺得應該這麼穿。」

他像在辯解似地說道。葬禮已經辦完了，可能還剩下一些形式上的手續，所以穿黑西裝並無大礙。智勳那套西裝就像百貨公司打折期間買來、只為了參加葬禮而穿的廉價成衣。那種衣服買的時候看似耐穿、有版型，但乾洗幾次以後，衣服就會走樣，因為線頭的部分都是用膠水處理的。正因為這樣，從後面看去就像披了一件馬褂，一點也不帥氣。智勳腳上那雙黑色皮鞋的鞋尖也磨白了，但這身打扮很適合身為編輯兼詩人的他。不知道為什麼，很會打扮的編輯會讓人覺得不可靠，詩人就更不用多說了。

「我陪你去啊？」

「謝謝，還是不要了。兩個穿黑西裝的東方男人來敲門，人家會怎麼想呢？」

他第一次呵呵笑了。馮內果好像說過，幽默可以說是對恐懼的生理反應。

「我一個人可以的，又不是去抬棺材回來。」

智勳希望獨自去看看風流倜儻的父親丟下他們母子二人後過著怎樣的生活，以及和怎樣的女人生活在什麼樣的房子裡。

「那你注意安全，需要幫忙的話，給我打電話。」

「需要幫忙的人不是我，是他。」

原以為智勳下午就會回來，卻直到深夜也沒有他的消息。晚飯我們準備了韓餐，妻子一開始還很生氣，但漸漸擔心起他。

「不覺得那個偵探的郵件很可疑嗎？該不會是新型的詐騙手法吧？」

「誰會引誘綁架一個窮詩人？這有什麼好處嗎？」

「沒有電話號碼嗎？」

「沒有，只有電子信箱。」

智勳隔天上午才回來。他走進門，連一句對不起也沒說，只見他手裡捧著一個淡紫色的罈子。很顯然，那是骨灰罈。妻子下意識地伸手接過骨灰罈，精疲力竭的智勳撲通癱坐在沙發上。

「你要不要吃點東西？」

「有烈酒嗎？」

智勳一口飲下兩杯量的蘇格蘭威士忌。他看上去不太一樣，感覺不再是昨天早上出門時的那個他。雖然不確定是什麼原因，但他確實發生了變化。也許是因為遇到什麼讓他震驚的事？但感覺不像。此時的他感覺就像與突襲的敵人激烈交戰後，在援兵趕到時才得以稍作喘息一樣。昨天那個以幽默克服死亡恐懼的他消失得無影無蹤。智勳連飲了兩杯純威士忌後，突然瘋狂地講起來話。

智勳初到法拉盛，之前只聽聞這裡聚集了很多東亞移民。以前他來出差的時候都住在曼哈頓，做夢也沒想到父親就住在離自己這麼近的地方。

智勳換乘了幾次地鐵後抵達法拉盛，剛走出地鐵站就嚇了一跳，還以為自己來到了中國。街道兩側都是招牌和櫃檯，熙熙攘攘的中國人從身旁經過，拉客的人硬把傳單塞給路人，空氣中瀰漫著辣椒油炒菜的味道，只有鳴笛疾馳而過的紅色消防車在提醒大家這裡是紐約。

智勳朝北邊林蔭路的方向走去，在中國人經營的金飾店門前停了下來，因為看到一行韓文字：「我們買金子」。金飾店用英文、中文、西班牙文和韓文打出他們收購金飾的意願。難道老闆是用 Google 翻譯的嗎？在來時的地鐵裡，他也看到紐約市貼出語句不通順的公告：「再忙也要坐車安全。」其他還有比這句更嚴重的：「在地鐵衝浪會死得千瘡百孔。」智勳很想拿出紅筆幫他們糾正錯誤。他想忘掉關於父親骨灰的複雜問題，只想坐在書桌前改稿。

但他已經在不知不覺間抵達了偵探提供的住址門前。因為是跟著 iPhone 手機的 Google 地圖找路，所以不會有錯。想到是人工衛星指引自己找到死去的父親，智勳的心情不免怪怪的。第一位進入宇宙的太空人尤里．加加林說：「這裡沒有發現上帝。」雖然這裡沒有上帝，但是有父親。衛星之眼一定在看著我。

智勳按了門鈴，來應門的是一個又高又瘦的黑人女子。她的皮膚好似烏木般黝黑，而且比想像中年輕很多。智勳理所當然地以為自己找錯地方，但女人開口說：

「你是彼得的兒子，從韓國來的，對吧？請進。」

家裡十分昏暗。智勳坐在客廳的沙發上，眼睛漸漸適應了室內的昏暗。這間房子十分簡樸，空氣中充斥著廉價香氛蠟燭的味道，牆上裝飾著低檔的聖誕裝飾品，牆角擺放著一棵一公尺高的聖誕樹。女人取來紅酒，介紹自己名叫 Alex White（愛麗克絲．懷特），是來自牙買加的移民。

「我可以問一些私人的問題嗎？您和我父親是什麼關係？」

「他是我的夥伴。」

「夥伴」一詞讓人摸不著頭緒。愛麗克絲見智勳不知道該說什麼，於是取來一個鞋盒，裡面都是她與智勳父親的合照。有兩個人躺在床上的照片，也有在像是在佛羅里達渡假村游泳池畔喝雞尾酒的照片。照片中的彼得看起來十分健康，胸肌比年輕的智勳還要結實。他以一生受到很多女人喜愛的男人才會有的自信注視著鏡頭，剃得又乾淨又圓的腦袋瓜散發出光亮，不禁讓人聯想到塞倫蓋提平原上悠哉地舔著自己爪子的獅子。他從父親身上可以感受到從容、隱藏的攻擊性，以及肆無忌憚的狡黠。

「彼得是一個優秀的男人。」

愛麗克絲像在做夢一般說道。

「你們在一起多久了？」

愛麗克絲想了想，回答說：

「有兩年了。」

「才兩年而已嗎？」

「怎麼了？兩年是很長的時間。」

「他為什麼去世。」

「彼得罹患了癌症。」

「什麼癌？」

這種資訊對智勳很重要，因為不知從何時開始，醫生會問起他的家族病史。母親是乳癌，如果父親也是罹癌去世的話，情況可就非同小可了。母親說，她懷孕的時候，他的父親二十四歲。如果是這樣，那他還不到花甲之年就走了。

「胰臟癌。診斷出胰臟癌後，彼得只活了不到兩個月。」

愛麗克絲取來骨灰罈。

「你能帶走的只有這個。雖然彼得很優秀，但他沒什麼財產。據我所知，他一生都靠女人為生。很多女人喜歡他。」

「可以再問您一個問題嗎？」

愛麗克絲點了點頭。

「像您這麼年輕貌美的女性，為什麼要跟我父親這種又窮又老的男人生活在一起呢？我的意思是，我父親有什麼具體的魅力嗎？」

「謝謝你這麼說，但有幾點需要糾正一下。首先，我既不年輕也不貌美。跟前夫結婚的時候，我還很有姿色。這棟房子是我前夫的。最初踏上美國這片土地的時候，我只是一個身無分文的黑ㄚ頭，如今我再也不年輕了。其次，彼得看起來一點也不老。雖然我看不出東方人的年紀，但他一直都是個精力充沛的男人。我做夢也沒想到他會有你這麼大的兒子。」

「好吧，我明白妳的意思了。我想知道的是，我父親有什麼地方吸引了妳呢？」

「嗯，彼得……」

愛麗克絲專注地思考了一下，回答說：

「……很高貴。」

愛麗克絲使用了「Noble」這個字。

「高貴？」

「可能是血統的關係吧，他看起來非常有氣質。聽說你們家是皇族血統？」

雖然父親姓李，但我從沒聽說過他是皇族的後裔。智勳姓金，因為跟了母親的姓。愛麗克絲還說，父親告訴她自己是沒落的朝鮮王朝後裔，為了躲避軍事獨裁政權對皇族後裔的欺壓，才不得不逃亡到美國。

「彼得還說，韓國人最終還是需要國王的，受國王統治了兩千年的國家一定會重返王朝時代。」

「他在這裡做什麼工作？我聽說他是畫家。」

「畫家？差不多吧。」

愛麗克絲抿嘴笑了。

「差不多？」

「他的工作是給死人化妝。韓國沒有這種工作嗎？」

「有是有，但還是有不同之處。這裡會打開棺木給弔謁的人瞻仰，我們不會那麼做。」

「彼得的手藝很棒，收入也很可觀，但他的花銷太大，賺的錢都花光了。」

「他有酗酒、賭博？」

「沒有，他把錢都投資在美上。」

如果是美……

「他沒有畫畫嗎？」

「我沒見過他畫畫。」

愛麗克絲一邊把骨灰罈推給智勳，一邊開口要了辦葬禮和雇用偵探的費用，彷彿智勳不給錢就不會把骨灰罈交給他一樣。

「我父親沒有留下一點遺產嗎？」

「沒有。」

愛麗克絲斬釘截鐵地說，態度與剛才回憶往事時判若兩人。

「你打量這間房子也沒用，我剛才不是說了，這是我的房子。彼得之前住在布朗克斯的另一個女人家裡，之後才搬過來的。」

智勳恍然大悟，原來愛麗克絲雇偵探把自己找來只是為了要回幫彼得辦葬禮的費用。智勳取出錢包，但現金不夠。愛麗克絲告訴他，距離這裡不遠的加油站有一臺提款機。接過大把的現金後，愛麗克絲的表情才豁然開朗。

「對了，還有衣服，你把衣服帶走吧。」

愛麗克絲帶智勳來到二樓，打開衣櫃一看，裡面掛滿了西裝。智勳這才明白「把錢都投資在美上」的意思。

「我不需要。」

智勳說。

「那我就全部捐給慈善機構囉？」

「等一下。」

智勳伸手摸了摸那些西裝。手感非常好，感覺既柔軟、做工細緻又很耐穿，加上是父親穿過的衣服，智勳改變了心意。

「全部帶不走，我就挑幾套好了，畢竟這也是遺物。」

「好的，反正也不是我的東西。對了，下面的抽屜裡還有他的內衣。」

愛麗克絲的話音剛落，門鈴響了。她下樓開門，很快又跑了上來。

「你來一下。」

剛才智勳坐過的客廳沙發上坐著一位年輕的東方男子。他也穿著一套黑西裝，而且身材與自己相似。智勳覺得就像透過出竅的靈魂看到了自己一樣。沙發上的男人看到走下樓梯的智勳也覺得很奇怪。男人猛地站起身，愛麗克絲站在他們倆之間，像美式足球的裁判一樣伸直了雙臂。

「智勳，他也是收到偵探的郵件趕來的。我也不清楚這是什麼狀況。」

愛麗克絲給偵探打過電話後，露出一臉為難的表情說道：

「偵探把找人的工作委託給韓國的搭檔，事務所按照他們提供的郵箱寄出郵件，沒想到兩個人都來了。」

「韓國沒有偵探。」

智勳板著臉說。另一個也很為難的男人說：

「應該是跑腿中心吧。他們不是也做類似的事情嗎？雖然是違法的。」

智勳伸手與男人握了手。男人也收到了同樣的郵件。他們兩人的母親同名同姓，都叫金熙慶。這種名字很常見。他們都是在首爾專攻美術、名叫金熙慶的女人於一九八〇年生下的兒子，更巧合的是，他們的母親都去世了。如果那個名叫彼得的男人不是在同時與兩個學美術的金熙慶交往，而且同時讓她們懷孕的話，那麼其中一人就與彼得沒有任何關係。

「偵探說郵件下方寫了附帶條款，所以這種情況他們不會承擔責任。如果這封郵件無法證明其中一人是彼得的兒子的話，那只能由你們自己想辦法證明了。」

男人沒聽懂愛麗克絲在講什麼，智勳用韓文幫他翻譯。男人說了聲謝謝，智勳遞上名片。

「我在出版社工作。」

男人也遞上名片。他是汽車公司的銷售員。男人提議，不如現在做一下親子鑑定。

「在美國，最快也要幾週後才能得出結果。」

愛麗克絲說。

但兩人都必須趕回公司上班，而等結果出來後再來美國一趟也不是件容易的事。沒有結論的對話一直持續到傍晚的餐桌上。愛麗克絲開了一瓶加利福尼亞產的紅酒，主菜是波希米亞牛排。

「用烤箱烤的馬鈴薯真好吃。」

男人說道。

「長得很像的兩個人坐在一起吃飯，真像兄弟。」

愛麗克絲還說：

「我分不清東方人的臉，感覺所有人都長得差不多。」

男人瞥了一眼智勳。智勳問他：

「你要都沒在一起生活的父親的骨灰做什麼？」

「可不是呢，我連他長什麼樣都不知道。」

「那不如我先帶走？」

「那可不行。」

智勳沒想到男人會這麼堅決地反對。

「為什麼？」

「我好不容易請了帶薪假，既然都搭飛機來了，總不能空手而歸吧……」

看我們一直得不出結論，愛麗克絲提了一個建議。

「這個建議可能聽起來有點傻……但你們不如試穿一下彼得的西裝怎麼樣？彼得在很久以前，大概十多年前，量身定做過一套西裝。你們去試穿一下，穿在身上最合身的人就先拿走骨灰，然後等回韓國以後你們再去做親子鑑定。」

因為沒有別的辦法，兩人只好聽從愛麗克絲的建議。愛麗克絲上樓取來那套西裝，一看內裡竟然是義大利製的高級西裝。雖然它與流行相去甚遠，但還是一眼就能看出它的價值。

「看到那套西裝，我不禁想，不如放棄骨灰，帶走那套西裝好了。」

智勳又喝了一杯蘇格蘭威士忌，露出苦笑地說。那個男人先走進房間換上那套西裝，愛麗克絲用挑剔的眼光打量了一番，問智勳說：「怎麼樣，不覺得袖子短嗎？」

「看起來是有點短。」

「雖然有點短，但這種程度已經很合身了。」

男人抗議道。接下來換智勳試穿那套西裝。

「披上西裝上衣的瞬間，我就有感覺了，褲子的腰圍也剛剛好。穿上整套西裝後，我知道 Game Over 了！我和那個男人半天都沒有講話，彼此心裡都很清楚勝負已定。特別是愛麗克絲的那種眼神……就像看到死去的情人一樣。想到所有女人都會用那種眼神看著那個叫彼得的男人，不禁讓人覺得羨慕。」

智勳猛地從沙發上站起來，想要重現那個瞬間。他像模特兒一樣在我和妻子面前轉了一圈。直到智勳起身前，我和妻子都只是覺得他給人的感覺有點不同，沒有察覺到他換了衣服。我們仔細打量了一番他身上那套西裝。它雖然和他早上出門時穿的西裝顏色相似，但更接近深藍色，感覺即使穿著它出演馬丁・史柯西斯的《四海好傢伙》也很合適。那套西裝像盔甲一樣牢牢地包裹著智勳的上半身，雖然緊貼著身體的曲線，但看起來絲毫沒有不舒服的感覺。即使穿著它當場跟人拳打腳踢一番，感覺也不會敗下陣。

「我們拔了幾根頭髮、互相交換後，也留給了愛麗克絲幾根，骨灰也兩人各分了一點。那人收下骨灰和頭髮後，馬上就走了。」

智勳接著說：

「等回首爾後，我們會各自去做親子鑑定。我還拿了彼得的牙刷，因為我在美劇裡看到牙刷也能檢測出ＤＮＡ。」

「如果鑑定結果你不是他的兒子呢？」

「那就把骨灰寄給他，留著別人父親的骨灰做什麼。」

「那西裝呢？」

面對這個問題，智勳閉口不答。我們所有人都會愛上某件衣服，而且有時那種愛非常執著。

「你昨天在哪裡過夜的啊？」

妻子問道。智勳也沒回答這個問題。也許這個坐在出版社的角落裡、整日埋頭編輯犯罪小說的詩人並非我們想像中的那種人。我感到不寒而慄，所以也閉上了嘴。智勳收拾好行李、出發前往約翰甘迺迪國際機場後，妻子來了一場史無前例的大掃除，像是要徹底清除智勳的痕跡一樣。

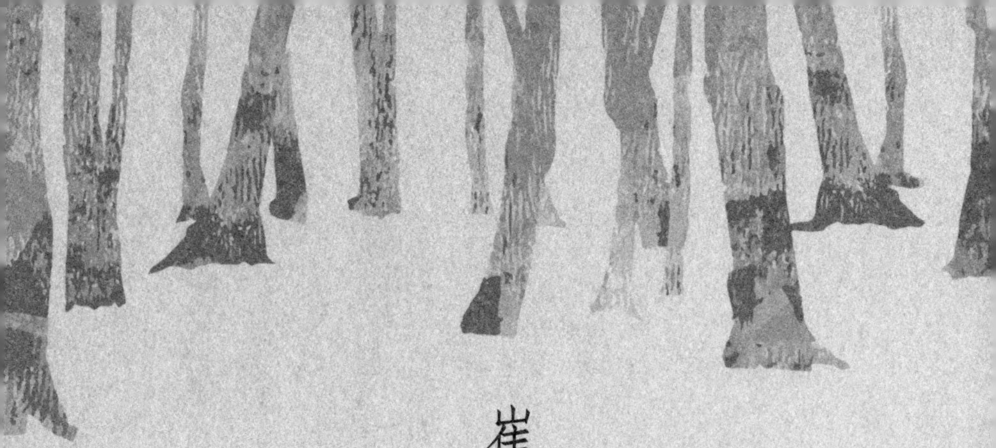

崔恩知與朴仁樹

——散失

1

一月二日，上午的始務式[9]剛結束，崔恩知便來辦公室找我。

「老闆。」

「怎麼了？」

我抬頭看向崔恩知，她默默不語。難道她想辭職？如果是要辭職，應該在十二月提出來才對；在新年度的始務式之後提辭職，時機也太不恰當了。如果是崔恩知所屬的小組有事，那會是組長來向我報告。

「有什麼事嗎？」

那一瞬間，編輯主管開門走進辦公室。她看了崔恩知一眼，然後說稍後再來，便轉身走開。氣氛變得更奇怪了。崔恩知一直沉默不語，期間又有兩名組長進來，卻都和編輯主管一樣，什麼也沒說就出去了。辦公室裡只剩下崔恩知和我，以及如同蒟蒻般質感沉重又滑溜的空氣。

9 韓國公司在新的一年開始之際固定進行的儀式。相應的，年終會舉辦「終務式」。

「妳有什麼話就快講，今天是新年第一天上班，大家都很忙的。」

「……我有一件事想跟您商量。」

「該不會是想辭職吧？」

「不是，但也許會辭職。」

「也許會辭職是什麼意思？」

「老闆，我一點也不想離開這間出版社，我真的很喜歡做書這份工作。」

「那為什麼說要辭職？」

「您會幫我保守祕密嗎？」

「嗯，我不會告訴任何人的。妳說吧，什麼事？」

崔恩知把目光轉向自己的肚子。

「我很快就要生產了。」

「不是可以請產假嗎？」

崔恩知微微瞪大眼睛直視我的雙眼，眼神像是在觀察我的本意，以便判斷這句話是在羞辱自己，還是在開玩笑。這時，美術設計鄭奎利走了進來。她也觀察著我的眼色，然後放下封面設計提案，轉身離開。那是挪威作家的童話書封面，設計得一點感覺也沒有，馴鹿的犄角畫得也太大了。

「那個，沒結婚的人也可以請產假嗎？」

啊，對了，崔恩知是未婚。我這才想起她的履歷，記不清是印度尼西亞還是馬來西亞了，反正她是在東南亞出生，之後在菲律賓、香港和英國生活了一段時間後，高二才回到韓國，然後上了位於首爾市內的大學。崔恩知精通英文、中文和菲律賓的他加祿語。雖然他加祿語在出版社幾乎沒什麼用，但英文和中文還是很重要的。或許是因為長時間在海外生活，她的臉上總是掛著淡淡的憂鬱。出版社為數不多的男職員不知是被那種氛圍，還是那張又小又白皙的鵝蛋臉所吸引，我總是看到他們的視線不約而同追隨著從辦公室隔板之間走過的崔恩知。相對地，崔恩知總是獨來獨往，畢竟沉默寡言、散發著誘惑氣息的女人在公司很容易受到排擠。而且，崔恩知的成長背景也與一般人不同，據說她的父母在香港做生意，之前和姊姊住在位於一山市的小公寓，自從姊姊去了美國工作以後，現在只剩她一個人。

想到她不小心闖了這種禍，讓我很想盡快結束這場對話，但在此同時，我的判斷力變得越來越模糊。明明是一個只要回答可不可以的問題，我卻說：

「看來這不是三言兩語能講完的事。這樣好了，我們明天一起吃午飯吧。」

「不好意思，我明天沒時間。」

崔恩知垂下了頭。她是因為抱歉，還是害羞呢？再不然是為了隱藏她的表情。我無從得知。

「那後天呢？」

「後天可以。」

「啊，中午人多嘴雜，可能講話不方便。不如一起吃晚餐，怎麼樣？」

「好的。」

崔恩知一走出辦公室，我就像解開緊勒的領帶一樣瞬間輕鬆了，室內充斥的沉重空氣彷彿也隨著她一起一下子消失。明明是她來諮詢煩惱的事，結果變得好像我約她吃飯一樣。雖然心裡覺得怪怪的，但搶先知道別人的祕密還是讓我莫名有點興奮。身為老闆，無論願不願意，我都會知道員工們的各種祕密。相反的，大家也會散布各種關於我的謠言。乍看之下，祕密與謠言的交換似乎很公平，但我會對那些明確的資訊守口如瓶，他們則是在散布不準確的資訊。他們可能不理解，不是只有他們會想找樹洞發洩情緒。

我長嘆一口氣。稍早來過的那幾個人好像等待已久似地衝進辦公室。雖然沒有人直接開口問我，但她們肯定都很好奇為什麼剛才崔恩知逗留了那麼久。好奇心就像果凍一樣帶有很強的黏性，而我的辦公桌上總是黏滿那樣的果凍。要處理的工作如潮水般退去後，我才意識到崔恩知丟給我的衝擊有多強。為什麼我會如此驚愕？因為她懷孕了？還是未婚的她要生下那個孩子？再不然，是她想以單親媽媽的身分繼續留在公司嗎？

2

如今，那個最初的同事——之後漸漸變成敵人，但又不知不覺在有所交流後，最終變成獨一無二的朋友——正躺在癌症病房的病床上。他的身體經歷了數次手術與化療，現在已經徹底衰弱了，但一張嘴還是喋喋不休。

「我來了。」

我用擺在病床邊的乾洗手消毒了雙手。朴仁樹吃力地轉過頭，笑了。不，應該說他看起來像是在笑。朴仁樹伸出手，我握住他的手。面熟的朝鮮族看護和我打了聲招呼，走出病房。

「你怎麼一直來啊？來醫院上班嗎？你這樣，患者很辛苦的。」

「新年來打聲招呼嘛。我們的朴老闆，新年趕快好起來，重拾健康！」

「你是來捉弄我的吧，還不如說聲新年好。」

我坐在看護剛才坐過的矮凳上。

「今天公司舉辦了始務式。」

朴仁樹愣愣盯著我的臉，突然問：

「你要不要併購我的公司？」

「說什麼呢？」

「我在出版業混了這麼久，從沒見過像你這麼能幹的人。把公司交給你，你也給我們員工發點薪水。」

「假裝自己善心大發嗎，誰要併購你欠了那麼多債的公司啊。」

「不願意就算了。不過話說回來，債我可都還清了。」

我們就像吵嘴鬥氣的女生一樣，半天誰也沒有講一句話。窗外的白雲快速地飄過，坐在病房裡，感覺外面零下十度也有如暖春一般。

「今天有個編輯來找我，說了很奇怪的話。」

「什麼奇怪的話？」

「說要生孩子。」

「你的？」

「才不是，你瘋啦？」

我立刻否認。

「那為什麼跟你說？」

「她未婚，想知道生完孩子還能不能留在公司。」

「辭掉她。這人真奇怪。我有一種不祥的預感。」

朴仁樹乾咳了一聲，然後喘了半天粗氣。

「你說得倒容易。」

「不知道是不是因為我快死了，頭腦一下子變聰明了。」

「那是錯覺，你沒那麼快死的。」

「你來見我，不是想獲得神諭嗎？快死的人預感都很靈的。」

「還說自己變聰明，我看你是腦子壞掉了。」

「你喜歡她？」

「一點也不喜歡。」

「那就辭掉她啊。她這是在耍花招。多奇怪啊，你知道我天天躺在病床上等死，領悟到什麼嗎？」

「你要是想說潛力開發書裡那些不著邊際的話，那還不如閉嘴。臨死前，少在這鬼扯。」

「我的領悟是，活著的時候，太多人想要摧毀我的靈魂了。」

話音剛落，朴仁樹突然一拳朝我打過來，強有力的攻擊讓人感覺他一點也不像個病人。我出於條件反射地閃開了。

「很好，既然能快速閃開拳頭，為什麼要傻呼呼地愣在那裡讓別人摧毀你的靈魂呢！」

「人家不過是來找我商量這件事而已。我是老闆，也是長輩。」

「長輩？女生遇到這種事通常都會找其他的女生商量，才不會直接告訴老闆。再說了，按順序的話，她也應該先跟直屬主管或前輩討論，然後主管或前輩再來向你匯報。」

初識朴仁樹是在編輯教科書和參考書的出版社。雖然沒當過兵的他與我同齡，但他比我早兩年入社。一開始，我凡事都會頂撞他，結果就這樣頂撞出感情。幾年後，我們各自轉職去了別的出版社，之後變成酒友，就自然而然地都不說敬語了。一五年的時候，我們各自成立了自己的出版社，分別一前一後出版了幾本暢銷書，算是在出版業站穩了腳。雖然他這個人的口碑差，也沒有朋友，但很奇怪的是，我一點也不討厭他。

「不管怎麼說，這種事都不好對外公開。不是嗎？」
「反正肚子很快就會大起來，到時候不就大家都知道了？」
「你說，她為什麼來找我呢？」
「都說她是在耍花招了。就像非要往平靜的湖面丟石子的孩子一樣，有的人就是會無緣無故地對別人耍花招。」
「可是再怎麼說，這也是關係到自己人生的問題啊？」
朴仁樹閉上眼睛。他的臉色變得十分蒼白，血色徹底消失。
「抱歉，我現在好累，你滾蛋吧。謝謝你來看我。」
我拿起羽絨外套，站了起來。
「我會再來看你，有什麼需要就跟我說。」
「我需要時間，但你給不了。小心那個女人一點。人生苦短。」
也許朴仁樹說得沒錯。始務式結束以後，在所有人心懷希望、計畫著嶄新一年的今天，我卻從上午到現在一直在想崔恩知。

3

我和下班的妻子約在市內見面，吃飯的時候我也一直想著崔恩知的事，但不知為何，我不想把這件事告訴妻子。看我一個勁地往嘴裡塞米飯，妻子問：

「有什麼事嗎？臉色怎麼這麼難看？」

「我去醫院看了朴老闆。」

「能活下來嗎？」

「不能，怕是活不了多久了。」

「我也應該去看看他。」

朴仁樹介紹我認識了現在的妻子。那時妻子在他的出版社當美術設計。

「朴老闆要我併購他的出版社。」

「應該是說說而已吧，他又不是不知道我們的情況。」

「也許吧。」

「你去銀行了嗎？他們怎麼說？貸款不能延期嗎？」

「約了分行長明天見面，新年順便也去打聲招呼。」

「總有一天，我們也會死吧？」

妻子用筷子扒了扒小菜，漫不經心地問。

「朴老闆的老婆們最近都好嗎？沒有她們的消息？」

「第一任再婚了，第二任住在法國，第三任……你也知道。」

我知道。三年前的某一天，第三任在浴缸裡割腕自殺了。朴仁樹哭著打電話來，妻子接起電話後說：「你在家不要亂動，我們這就過去。」妻子叫醒我，雖然我勸她不要去，但她不聽。因為心急慌張，妻子下樓時一腳踩空，像顆皮球一樣滾下樓梯，傷勢嚴重到右手臂骨折。我先把妻子送到醫院，等我抵達朴仁樹家的時候，現場已經處理完畢。朴仁樹結過三次婚，也與五個女人同居過，現在身邊卻沒有半個人。他彷彿親身證明了那句話：「每個人最終都要獨自面對死亡。」

「雖然這件事你自己會看著辦，但我希望你不要併購他的公司。」

「他是說想交給我，但我沒那能力。」

「他曾是我的老闆，我私下也跟他很熟，但很奇怪，我始終不太喜歡他這個人。我知道這樣說一個快要走的人很沒禮貌，但他給人的感覺就是這樣。你說我迷信也好，總之，最好不要碰他的東西。」

有別於往常，妻子的態度十分強硬。她很少像現在這樣發表自己的意見。

「他是個好人。」

「這不是好壞的問題。他這人總讓人覺得毛骨悚然。我沒說過嗎？我剛進出版社的時候，他要所有人重新拍照。他在辦公室的一面牆上安裝了燈光和背景布，叫所有人站在那裡拍照，還不給我們看自己的照片。某個星期天，我去公司拿東西，看到他把那些照片用Ａ４紙張列印出來，拿圖釘固定在牆上，然後一直盯著那些照片看。那個場面詭異極了，好像在唸咒施法一樣。」

「他為什麼那麼做？」

「我問他在幹嘛，他說正在瞭解員工。」

「他不是還沉迷過什麼奇怪的宗教嗎？相信什麼外星人出現、可以長生不老？」

「就因為信什麼邪教，得了癌症也不治療，結果都晚期了。」

「他可能是想尋死吧。」

我用筷子扒了扒鱈魚的頭，剔下一塊魚肉。當季的鱈魚又大又肥。

「那妳的照片還在他辦公室裡囉？」

「肯定還在他辦公室的那些文件夾裡。」

「這人，真是搞得人心情怪怪的。」

「就是啊。等他死了，得去拿回照片。」

回到家、洗好澡後，我們各自回到自己的房間。我和在美國的女兒講了一會兒視訊電話，然後就上床。我躺在床上，腦海中又浮現崔恩知的臉。到底是哪個傢伙的孩子呢？

4

一月三日也很忙碌，辦公桌上堆滿了各組的新年企劃案。但即使是在這種情況下，崔恩知也還是不斷進入我的視野。她是故意在我面前走來走去，還是因為什麼心理作用呢？我越是不想注意她，越是經常看到她。到了下午，我甚至擔心起如果她突然進來找我該怎麼辦了。我為什麼要擔心這種事呢？我是老闆，她只是員工而已，但我還是擔心不已。每當崔恩知靠近我的辦公室，我的心就會響起嘈雜的警報音。我很後悔把辦公室設計成玻璃牆，真該裝一個百葉窗簾。

「那個，關於崔恩知。」

我叫住跟我報告完、正要走出去的編輯主管。

「嗯？」

「她在這裡做多久了？」

「大概有三年了吧。」

編輯主管的臉上沾著黏糊糊的好奇心。

「有什麼問題嗎？」

「能有什麼問題，我就是好奇隨便問問。」

我假裝翻看文件。

「鄭美菈呢？」

為了轉移她的注意力，我又隨便問了一個人。

「五年了。她們都很能幹。」

「是喔？」

編輯主管悄悄地關上微微開著的門，低聲私語說：

「如果要裁員的話，請辭掉崔恩知。」

「為什麼？」

「因為她沒有要照顧的家人。鄭美菈有兩個孩子，而且老公幾個月前失業了，雖然現在能領到失業補助金，但能撐多久呢？」

「妳很瞭解大家的情況啊？」

「鄭美菈老公的朋友是我的大學學妹，我也是聽她說的。」

「好，我知道了。」

編輯主管走出辦公室。幾個小時後，公司的氣氛變得不安起來，大家看我的眼神也出現了動搖，看來要裁員的傳聞已經在公司傳開了。那天，崔恩知一直沒走出我的視野，連去廁所刷牙的時候也碰到她。她不過是安靜地朝我點了一下頭，我的心卻「咯噔」沉了一下。

因為下午要去銀行辦事，所以我暫時可以不去想崔恩知的事。銀行行長委婉地提醒我還款期限馬上要到了，這番話把我從崔恩知沼澤中救了出來。多虧了他，我才得以重返冷酷的現實世界。行長說，他會盡量幫我辦理續貸，但最近本行和金融當局的氣氛都很不好，勸我最好也積極一點。換句話說是，即使無法全部償還，至少也應該還一部分，這樣才好辦理續貸。

「謝謝。」

我起身時道了謝，行長擺了擺手。

「哎呦，別客氣。我們才要感謝您呢。祝您今年生意興隆，財源廣進。」

行長一邊講著客套話，一邊把我送出門。

5

我和崔恩知約七點見面，但我遲到了十分鐘左右。當我匆匆忙忙趕到義大利餐廳，卻沒看到她人。崔恩知傳來簡訊說，突然有事要趕去印刷廠，所以會晚一個小時左右。我一個人坐在鋪著白桌布的圓桌前，感受著四面八方投來的詫異目光。雖然崔恩知要我先吃，但我是寧可餓肚子也不願一個人吃飯的人。我拿出手機滑看各國新聞的時候，肚子一直咕嚕咕嚕地響個不停。崔恩知在八點二十五分抵達了餐廳。

「老闆，對不起，印刷廠那邊出了點問題。」

公司的事就是我的事，因為我的事遲到，又能責怪誰呢。

「問題解決了嗎？」

「組長現在還在那邊。」

「那妳是怎麼先走的？」

「我隨便找了一個藉口。」

「做得好。」

「幸好不是什麼嚴重的問題，崔室長說明天上班前肯定能處理好。」

我們先安靜地吃飯。

「妳說妳快生產了？」

我盡量裝出不以為意的樣子問她。

「是的。」

「妳的意思是要當單親媽媽？」

「這樣講也可以。」

「既然都決定了，那就去做啊，為什麼要找我商量？」

「因為公司沒有先例啊。我也想知道，這種情況真的可以請產假嗎？既然您說可以，那我第一件擔心的事就算解決了。」

「我可是遵守勞基法的人，做人要守法的。那妳第二件擔心的事是什麼？」

「雖然出版業與別的地方略有不同，但畢竟這裡是韓國，不知道大家會接受我嗎？」

「不接受又能怎樣？妳這是行使法律明文規定的權利。」

「我會被謠言纏身，也會遭到大家的排擠。」

「妳應該做好這種程度的心理準備啊。」

「您是公司的老闆，也是最年長的長輩。大家肯定會看您的眼色，如果您能明確表態，大家就不會隨便對待我了。」

「妳希望我怎麼做？告訴大家，妳馬上就要做單親媽媽了，叫他們也提前做好心裡準備？」

「嗯，如果能這樣，我會感激不盡的。」

「我也可以問妳一個問題嗎？如果不方便，不回答也沒關係。」

「您想問孩子的爸爸是誰？」

「嗯，難道是我認識的人嗎？」

「不是，您不認識。因為我想要小孩，所以拜託認識很久的大學同學，請他跟我睡一晚，真的就一晚……結果非常幸運地中了。」

我心生懷疑。難道我知道的「拜託」這個字眼在這幾年改變了意思？我一臉呆滯地看著崔恩知。

「可能是我解釋得不夠清楚，您沒聽懂是吧？」

崔恩知觀察著我的表情問道。

「不，不，我聽懂了，只是有點震驚而已。那，那個大學同學不知道妳懷孕了嗎？」

「那天之後，他就去印度旅行了，可能現在也還沒回來。我也不打算告訴他，不想給他增添負擔。」

「那妳打算怎麼跟公司的同事解釋呢？」

「實話實說囉。」

「大家會相信嗎？」

崔恩知的眼眶紅了。

「您希望我辭職，是嗎？」

「不，不，我不是這個意思。」

我急忙擺了擺手。

「我想當一個成功的先例。有很多女性不想結婚，但都很想要小孩。請您幫幫我。」

我沒有作答，而是一口氣喝乾半杯夏多內白酒。

「天主教有代父這種角色。孩子接受聖洗後，擔任代父或代母的人，即使不是孩子的親生父母，也會在孩子遇到困難時給予他們幫助。我真正想拜託您的事是，希望您能成為我的孩子的代父。」

「我是佛教徒！」

「我不會給您增添負擔的，只是想在心裡有個可以依靠的人。我的父母都在國外，而且我們的關係本來就不好。」

崔恩知口口聲聲說不想給別人增添負擔，但她已經給那個捐獻精子的同學和我增添極大的負擔。

「妳父母也不知道這件事嗎？」

「他們要是知道會殺了我的。他們在國外生活多年，所以變得更加保守，思想和情感都還停留在離開韓國時的八〇年代。他們和您完全不一樣。」

就這樣，我成了崔恩知即將產下的孩子的代父。

6

一月忙得不可開交，因為銀行要求增加擔保，所以岳父岳母幫忙把房屋抵押給銀行，妻子也因此變得越來越敏感。如果不能度過這次的危機，恐怕連岳父岳母也要露宿街頭了。

「從四月開始會陸續出版人氣作品，再堅持一下就可以了。」

雖然這是對妻子說的話，但其實我是在自我催眠。一月底的時候，崔恩知又來找我。

「現在很難再遮掩了。」

崔恩知的視線再次看向自己的肚子。聽她這麼一說，感覺肚子的確凸起來了。

「我打算告訴大家。」

「難不成妳是要辦產前派對？」

「當然了。別人在做的，我也要做。」

崔恩知就像要去開心購物的女人一樣興奮不已。

「我不同意的話，妳是不是也會辦？」

「這件事遲早都要告訴大家。」

「但非要現在嗎？」

「其實，我昨晚做了一個夢。」

她肯定會說她夢到天使降臨，告訴她孩子注定會成為救世主。

「我夢到，我正在夢裡睡覺。」

我都沒問，她就滔滔不絕地講起自己的夢。

「醒來時，我看到一個長著巨大翅膀的男人站在床邊。」

「天使啊。」

「他說我懷了一個非常特別的孩子，所以要好好疼愛我自己。」

還真是天使報喜。

「我覺得這是一種啟示，所以今天來上班的時候，已經做好心理準備。」

「妳打算怎麼告訴大家？把所有人召集在一起，像開記者會那樣宣布這件事嗎？」

「您為什麼總是挖苦我呢？」

「我嗎？我是真心好奇才這麼問的。」

「我會請大家吃午餐，他們肯定會問我為什麼請客，到時候我就把懷孕的事告訴他們。」

「好。」

「您也會一起去吧？」

「我中午約了記者。」

「您不是答應過我了嘛。」

「那妳應該提早跟我說啊。」

「做夢這種事怎麼可能提早知道呢？」

「總之，我去不了。中午的約會很重要，不能取消。」

崔恩知「嗖」地一下轉身走出辦公室，用力甩門的聲音嚇得坐在附近的員工越過隔板探出頭來。我衝出去，叫住了崔恩知。

「崔恩知，妳進來。」

崔恩知一臉氣呼呼的表情走進來，我訓斥她說：

「妳這是什麼態度？」

「我怎麼了嗎？」

「竟敢甩老闆辦公室的門？」

「是您不遵守約定在先。」

看到她馬上就要哭出來的表情，我不得不做出讓步。

「那妳要我怎麼做？」

「一起去餐廳，等我把懷孕的事告訴大家之後，您要正式恭喜我，還要對大家說，我支持崔恩知的決定，公司會遵守勞基法，崔恩知有權利請產假和享受其他各種待遇，大家也要多多幫助她。」

「這件事非得今天做嗎？」

「那您哪天方便呢？」

「明天。反正天使都來報喜了，就算晚一、兩天，命運非凡的孩子也不會突然變成平凡的孩子。如果是天使的話，肯定會對自己說的話負責。」

「您再這樣挖苦我，我可真的要生氣了。」

「明天再做這件事，知道了嗎？回答我。」

崔恩知一聲不吭。

「崔恩知。」

「嗯？」

「妳是認真的？這可是關乎妳一生的問題，不是光憑一時衝動就能面對的問題。」

「我一天二十四小時都在想怎麼面對這個問題。」

肯定是這樣的。

「我會寫一本書。」

「無論是寫書，還是拍電影，這件事明天再做。」

「您沒時間的話，那就明天好了。」

7

我走進病房時，朴仁樹正在吃晚飯。看到他吃力地一口一口吃飯的樣子，不禁讓人覺得心裡很難受。

「很崇高吧？」

朴仁樹嘴裡嚼著東西說。

「嗯？」

「都快要死的人了，為了活命，硬往嘴裡塞東西吃……不覺得這種行為很崇高嗎？」

病房裡的電視正在播放新聞。朴仁樹吃完飯，我把餐盤塞進停在門口的餐盤回收車，然後走回病房。

「看護去哪裡了？」

「不知道，吃飯去了吧。她做了一種奇怪的醬，天天配著那種醬吃飯，可能是朝鮮族的習俗吧。」

我消毒過雙手後，坐到椅子上。朴仁樹放下湯匙，問道：

「對了，那個編輯怎麼樣了？」

「誰？」

「要生孩子的。」

「說要生下來。」

「還沒辭掉她？」

「怎麼能辭掉一個可憐的女人？」

「誰的孩子？」

「她說，因為想要孩子，所以拜託大學同學跟自己睡了一晚。孩子的爸爸什麼都不知道，現在在印度旅行呢。」

「借種生子啊。現在的年輕人真有趣。」

「還要我當孩子的代父。」

「不出所料，她這是在耍花招啊。」

「人家無依無靠啦。」

「你有沒有想過，她為什麼會無依無靠呢？」

朴仁樹說完這句話，吐了半天的痰。黃痰流進了桶裡。

「她還說要寫一本書。」

「這種心態真教人欣賞。讓我們出版社來幫她出這本書。」

「我沒心情跟你開玩笑。」

「其實，我是產生了強烈的嫉妒心，恨不得殺人的那種。」

朴仁秀沒在說笑，一股殺氣從他的眼中一閃而過。

「為什麼？」

「因為她有閒情逸致拿生命開玩笑啊。這種浪費，真教人羨慕。」

「如果你痊癒的話……」

「那就是奇蹟了。」

朴仁樹插嘴說道。

「好吧。如果發生了奇蹟，你最想做什麼？」

「你是在用希望折磨我嗎？」

雖然他嘴上這麼說，卻還是很認真地思考著這個問題。

「我念研究所的時候，有一個非常喜歡的女生。我想見她。」

「你現在的人生還需要女人？」

「有一件事我沒能告訴她。」

「背景音樂是不是該播放一下〈浪漫曲〉啊？」

「我是以結婚為前提認真跟她交往的，性生活也很合拍。她的父母不是很喜歡我，但也沒有特別反對。如果進展順利的話，她就是我的第一任老婆了，結果計畫突然生變。」

「為什麼？」

「我染病了。」

朴仁樹用手指了指胯下。

「你念書的時候也那麼風流啊。你該不會是怕傳染給人家，所以分手的？你也太純情了？」

「不是，雖然說了你也不信，但那時候我真的很純情，除了她，別的女人我看都不會看一眼。真的，我也沒用錢買過女人。」

「所以，是女方？」

「嗯，她應該有別的男人。雖然當時有很多可疑的跡象，但我都沒放在心上。」

「好，就當你說的都是真的，但你現在見人家又能做什麼呢？」

「她以為是我不要她了，我想解開這個誤會，告訴她，我跟妳分手其實是因為妳染了病。我太委屈了，明明是她欺騙了我，結果是我當惡人。我不知道當時自己為什麼要這麼做，但現在回想起來，真讓人覺得委屈。我要告訴她，我們分手都是因為她。」

「這麼做對你有什麼好處？」

「獲得內心的安寧。」

朴仁樹呵呵笑了。

「真沒出息。」

「我覺得，因為她，所以我三段婚姻都失敗了，就因為我太愛她，她卻神不知鬼不覺地欺騙了我。」

「你離婚為什麼要怪在人家身上？你婚姻失敗，是因為你太花心了。可能人家在遇到你之前就已經有男朋友，不得已才腳踏兩隻船。她不是都帶你去見過父母了嗎？」

「我也一直努力往好的方面想。如果我能痊癒的話，我想先糾正這件事。當然，前提是得發生奇蹟。」

「你不覺得自己這樣很沒出息嗎？有什麼好糾正的，過去的事就讓它過去好了。」

「人們都以為自己臨死前會變得很釋然，可以原諒一切。開什麼玩笑，臨死前歷歷在目的都是那些無法釋懷、懷恨在心的事。我仔細回想了一下，就是從跟她分手開始，我才變得愛充當好人，凡事犧牲自己。我染了病，還扮演了惡人。哪有像我這麼蠢的人啊？」

我呆呆看著朴仁樹的臉。我們認識了這麼久，卻突然覺得他變得好陌生。

「你有她的消息嗎？」

「前年看到她過得很好。你知道嗎？臉書上『你可能認識的人』向我推薦了她。我點進去一看，她生了兩個孩子，經常出國旅行，臉書上傳了很多照片。她的職場生活也很順利，都當到公司經理了。」

朴仁樹痛苦得臉都扭曲了。

「那都是她的福。你休息吧。」

我從椅子上站起身，剛好看護走進來。我打了聲招呼，剛要轉身離開，卻又走了回來。朴仁樹垂著頭，大口喘著粗氣。

「朴老闆。」

「還沒走啊？」

他吃力地半抬起頭。

「這種小事不用等到痊癒也可以做吧？我幫你把那女的找來啊？」

朴仁樹猛地挺直了脖子，向我投來強烈的目光。

「你是真心的？」

他緊盯著我，想搞清楚我真正的意圖。

「這不是你臨終前的心願嗎？但你真的想見她嗎？你可要想清楚。」

朴仁樹尋思了半天我到底在打什麼主意，沉默持續了片刻。最終，他下定決心，拿出便條紙寫下那個女人的名字和公司名稱。

「真不知道該不該這麼做。」

我接過便條紙說道。

「說不定她換了公司。那種行業，轉職是常有的事。」

「你不要太期待喔。我可不是偵探。」

「拜託你了，一定要帶她來見我。」

朴仁秀一把抓住我的雙手。他的手又涼又濕，感覺就像濕抹布一樣。

8

前年，父親因心臟麻痺去世了。父親生前還算健康，走的時候也沒有讓子女受苦，所以大家都說這是喜喪、是福氣。問題在於他死去的地方。屍體是在雲峴洞的一家汽車旅館裡發現的，與他同床共枕的是一個六十多歲的女人，打一一九叫救護車的人正是那個做性交易的女人。沒有子女會期望看到這樣死去的父親——這當然也不會是父親自己期望的。不，父親根本沒有想過自己會死。他一直覺得自己可以永遠活下去。正因為這樣，父親從未為自己的後事做過任何準備。父親就是這樣的人。我和哥哥為了處理父親生前分散在各處的存款、保險和房產，頗費了一番周折。

「如果爸去世前還有時間的話，會留下遺言嗎？」

一起坐在銀行等待叫號的哥哥這樣問。

「我知道他會寫什麼。」

「寫什麼？」

「他應該只會留下一句話，『我不想死，拜託救救我』。」

哥哥點了點頭。父親的死和朴仁樹的死有什麼不同呢？朴仁樹是想成為精神上的槍手嗎？難道他希望在憤怒與復仇的驅使下，手持自動步槍闖入心靈的監獄，把那些獄警通通殺光嗎？

我盯著朴仁樹寫的便條紙看了許久。接下來會發生什麼事？那個女人會去見他嗎？舊情人都快嚥氣了，總會去探望他一次吧。我把便條紙放進抽屜裡。

9

透過玻璃牆，我察覺到大家的舉動一反常態。幾個人輪流走到崔恩知身邊講了幾句話，然後走回自己的座位。有的人一臉擔憂，有的人故意擺出笑臉。平時，崔恩知都是孤零零一個人，很少看到大家聚集在她周圍。答案只有一個：崔恩知按照自己的計畫把懷孕的事告訴大家了。我擔心她堅持要我一起去，所以午餐前故意離開了辦公室，結果她斷然宣布了懷孕的消息。

快下班的時候，編輯主管走進我的辦公室。

「您是真的知道嗎？」

她看起來很迫切。

「知道什麼？」

「崔恩知的事。」

「崔恩知怎麼了？」

「您不知道？」

「妳說說看。」

「她說已經告訴您了啊？」

「啊……那件事。幾天前，她親口告訴我的。」

「所以您允許她那麼做了？」

「不然怎麼辦？總要守法吧。」

「您沒必要執著於政治正確。」

「什麼意思？這不是道德問題，而是法律問題。」
「好吧，既然您都這麼說了。」
「為什麼是這種口氣？」
「……大家都很好奇孩子的爸爸是誰。您知道嗎？」
「崔恩知沒說嗎？」
「誰會相信她的話啊？雖然說這個世界變了……」
編輯主管的嘴角上揚，露出微妙的笑。
「人家是在國外出生長大的，所以和我們不太一樣。」
編輯主管離開後，我才明白她那個壞笑的意義。

10

朴仁樹的舊情人在公司裡被稱為鄭經理。我告訴她，朴仁樹希望在死前再見她一面，得到的卻是鄭重且冷淡的回覆。

「對不起，這有點困難。」

「但這是他臨終前的心願。」

「我是有家室的人了。」

「既然您不方便，我就如實轉告他。」

鄭經理半天沒有講話。

「喂？」

「……他的情況很糟嗎？」

「嗯，很糟。」

「那麼自以為是的人也會落到如此下場。請轉告他，就說我沒辦法去，對不起他了。也許他會理解，雖然他不是一個善解人意的人。」

我掛斷電話。中午和美術設計們一起吃午飯的氣氛十分尷尬，即使我為了打破尷尬的氣氛提了幾個問題，大家卻都回答得很敷衍。難道是因為崔恩知？但我也不好先提這件事。吃完難以消化的午餐後回到公司，辦公室裡的氣氛也讓人很不自在，只有崔恩知一個人精神煥發。幾名同齡的編輯聚在一起有說有笑。他們見我走進來，同時敷衍地向我點了一下頭，然後又拍手說笑起來。我走進辦公室，癱坐在椅子上，思考起自己當下的處境。就像每次遇到難題時一樣，我拿出一張白紙，在上頭寫字。

崔恩知

寫下這三個字以後，我不知道接下來要寫什麼了。生不生孩子是崔恩知個人的決定，法律和新時代的道德倫理也會支持她的決定。我也是如此。我在白紙中間畫下一道垂直線，在左邊寫下「個人的決定」、「勞基法」和「新時代倫理道德」。這些都是必須尊重崔恩知決定的理由。右邊是一片空白。好奇怪，既然我覺得如此混亂，那右邊應該可以寫滿才對。啊，想起來了。我寫下「謠言」兩個字，因為大家都在懷疑我和崔恩知的關係。接著我又想到一件事：「喪失領導力」。哪有員工會真心追隨搞大下屬肚子後，還編造出莫名其妙的故事、把人留在公司的老闆呢？突然，我腦海中又浮現一個要寫在右邊的單字：「樹洞」。很快就會有人以匿名的方式利用推特來散布這件事。我還想到了朴仁樹的忠告，最後又寫下「耍花招」三個字。

現在看來，左、右兩邊似乎不相上下。崔恩知的行為在道德和政治方面都是正確的。至今為止，令我引以為傲的是，在經營公司方面，我一直都很遵守最基本的道義。說實話，我覺得在出版業沒有像我這麼優秀的老闆了。但現在，它卻給我造成致命性傷害。我該怎麼辦呢？這種情況下，根本不可能辭掉她。辭掉她的話，不僅會傳出更離譜的謠言，甚至還會觸犯法律。也許我可以用卑鄙的手段，把她調去行銷部或管理物流，強迫她離職，但我不想這樣對待一名孕婦。畢竟我知道崔恩知這件事的真相，不是嗎？在這種情況下辭掉她的話，大家對我的信賴也會蕩然無存。

11

我下班回到家，只見妻子坐在沙發上，電視機沒打開，只是呆呆地望著牆坐在那裡。一種不祥的預感油然而生。

「幹嘛愣坐在那裡啊？出什麼事了？」

「崔恩知。」

我的心「咯噔」一下往下沉。

「嗯？」

「你和那個叫崔恩知的女人是什麼關係？老實告訴我。」

「妳是怎麼知道她的？」

「你就實話實說吧，我都可以接受。」

「說什麼，我和她一點關係也沒有。」

妻子猛地轉過頭，目光凶狠地瞪著我。

「一點關係也沒有？一點關係也沒有？一點關係也沒有？」

「妳冷靜一下。妳這是怎麼了？」

「我今天都接到兩通電話了。」

「啊，嗯，那個，那個崔恩知，她懷孕了，所以……」

「什麼，你把人家的肚子都搞大了？」

妻子就像受到驚嚇的貓咪一樣，從沙發上跳起來，跑到我面前。

「你這個混蛋，你還是人嗎？」

我嚇得往後退了一步，一屁股跌坐到地上。我也很生氣。

「妳這是幹嘛！妳冷靜一下，冷靜點！」

但妻子根本無法冷靜。只見她渾身瑟瑟發抖，嘴角流出口水，感覺就快暈厥過去。我從沒見過妻子像現在這樣嘶吼、發狂，很想一把抱住她讓她鎮靜下來，但顯然這是不可能的事。

「妳肯定是聽到什麼流言蜚語了，但那些都和我沒有任何關係。」

妻子似乎心灰意冷了，沒有任何反應。

「崔恩知說她想要孩子，拜託大學同學跟她睡了一晚，然後就懷孕，說要把孩子生下來。」

我解釋的時候，妻子噗嗤笑了出來。她撥了一下亂掉的瀏海，說道：

「做設計的學妹打電話來，假惺惺地擔心我說，雖然她也不相信，但這謠言已經在公司傳開了，叫我做好心理準備。如果你先告訴我的話，我就不會相信了，但你一個字也沒跟我提過。無論公司發生什麼大大小小的事，你都會跟我說，為什麼這麼有意思、跟你沒有任何關係的八卦卻瞞著我呢？難道是我多疑嗎？」

「沒跟你說，是因為我這幾天太忙了……」

「忙著拿我爸媽的房子去做抵押吧？」

妻子一邊挖苦我，一邊把我扶起來。

「男的、女的？」

「我哪裡知道！」

「你不是一直都想要個兒子嗎？」

「妳在寫什麼狗血劇啊？」

「聽說公司也鬧得沸沸揚揚的。你自己應該也猜到了，根本沒有人相信崔恩知的話。大家不明說，但心裡都在懷疑你。怎麼可能不懷疑你呢？聽說她頻繁進出你的辦公室，而且你們還一起吃晚飯？有人在一山看到你們了。」

「這些都是誤會。」

「我也討厭狗血劇。好吧，就當你說的都是實話，但你自己也想一想，為什麼大家直接先懷疑你呢？你是有多不得人心啊？」

妻子的這句話刺痛了我的心，因為我一直都沒把自己視為出版社的老闆，而是他們的編輯前輩。

「總之，我和崔恩知一點關係也沒有。妳要相信我。妳要是再懷疑我，我會對妳失望的。」

「孩子出生以後，拔一根頭髮，等親子鑑定的結果出來，我就相信你。」

「妳也要向我道歉。」

「當然。但你也要知道，就算是這樣，你沒跟我提崔恩知的事仍然很可疑。」

我直接衝出了家門。自那天之後，我們就開始分房睡。

12

那些吊著點滴的患者，正坐在病房入口處的休息室收看九點新聞。我為什麼來找朴仁樹呢？難道真的像他講的那樣，希望獲得神諭嗎？

走到病房門口，我看到一個身穿端莊的兩件式套裝的女人趴在朴仁樹膝蓋上哭泣。朴仁樹閉著雙眼，所以沒看到我。他用右手撫摸著女人的後腦勺，女人的抽泣聲隨著他的動作變得越來越大聲。我走回休息室，坐在患者當中看電視。新聞結束後，我走出休息室，一個睫毛膏暈開一大片的女人從我身旁走過。我一眼認出她就是鄭經理。朴仁樹精疲力盡地閉著眼，好不容易才抬起眼皮，吃力地說：

「她剛走。」

「我看到了，她哭著走的。」

「臭女人，有什麼好哭的。」

「你說你，都過去的事了，還跟人家提什麼啊？」

「提什麼事？」

「性病的事啊。」

朴仁樹看著我，有氣無力地笑一下。

「白痴啊？你真以為我會提起那件事嗎？」

「沒提就好。」

朴仁樹呆呆望著窗外半天，然後像表白似地說道：

「那些不過都是藉口罷了。」

「關於什麼事？」

「我們交往的時候，我只是個研究生，而且家境清寒，前途也無望，卻堅持要寫什麼小說。當時，她成功就業，找到了一份好工作。我們約會的費用都是她出，連汽車旅館的錢也是。雖然現在想不起來是為了什麼事，但總之，當時有件事重傷了我的自尊心，我還破口大罵了她一頓。」

「那性病呢？根本沒有這回事？」

「有啦。我很肯定她有別的男人，因為交往期間，我從來沒碰過別的女人。我覺得她遇到了一個比我有錢、有能力的傢伙，所以才能把自己的錢花在我身上。

想到她把那個傢伙的病也傳給我，心情真的糟糕透了。男女之間怎麼可能只因為一種理由分手呢？」

「人家不是都打算和你結婚了嗎？」

「這仍是一個未解之謎。從這點來看，她的確是喜歡我的。這件事也讓我困惑了一輩子。」

「她剛才為什麼哭得那麼厲害啊？」

「我也不知道。她看到我就哭了，哭夠以後就走了。只是這樣而已。」

「一句話也沒說？」

「嗯，與她展示出來的人生不同，我感覺她過得也不是一帆風順。」

「也有這種可能。」

「當時，我提出分手後，一直躲著她。但她死活也不肯分手，打電話，來家裡找我，簡直就像一個跟蹤狂。可是我還是無情地拒絕了她，不僅說了很傷人的話，還把她送我的禮物都寄回去給她。可能是看我情斷義絕，最後她也死心了。但有一天洗澡的時候，我看到自己的下面，突然心想，病菌——性病的病菌也許還留在上面。雖然我服用抗生素殺死了那些病菌，但說不定還留下了一些。我希望上面能留下一些病菌，因為畢竟是她給我的。然後因為我沒有告訴她這件事，所以她的身體裡也還留著病菌。病菌成了我們最後共享的唯一連結。」

「這故事聽起來有一種噁心的感傷。」

「當時真該裝進試管裡留個紀念，在想起她的現在拿出來感染一下。反正我都是快要死的人了。」

「不是，安妮．艾諾的小說裡好像也有類似的情節，一個女人在與男人發生過一夜情的隔天去做了愛滋篩檢。她應該和你當時的心情一樣。」

「啊，我這種人，直到最後也這麼老套。」

「聽你講話的口氣，感覺還能活更久。」

「你又在用希望折磨我了。」

也許是希望使然，那一瞬間，我看到一道炙熱且強烈的光芒從他眼中閃過。

「我們公司那個懷孕的編輯……」

「耍花招小姐？」

「嗯，就是她。她公開懷孕的事了。」

「我就知道。」

「但全公司的人都覺得我是孩子的爸爸，連我老婆也是。」

「所以說叫你平時多積點德。」

「我怎麼了？」

「你的評價很差的！」

「我嗎？」

「行銷業務人員都會在書店碰面，他們碰到一起時會聊些什麼？肯定是在背後說老闆的壞話。聚餐的時候，我也略聽了一二。」

「說什麼了？」

「你想知道？這種事還是知道的越少越好。」

「他們都說些什麼？」

「說你只偏愛漂亮的女生，眼神油膩，特別吝嗇，還假裝很民主，一點也不聽取員工的意見，而且非常自以為是，開會的時候也是自己講個沒完。」

「你們公司那些人不是專挑你愛聽的講嗎？」

「看你這表情，打擊不小啊？」

「誰聽了這種話會開心！」

「老闆就是給員工發洩用的，好好讓他們發洩，才是最好的福利。我們別想聽好話，越是想聽好話越是看起來像個偽君子。」

「話說回來，我該拿崔恩知怎麼辦？我總不能拿親子鑑定的結果證明給大家看吧？就算我拿出來，恐怕他們也不會相信。」

「無論是侮辱，還是醜聞，你就一個人扛吧。一旦中了圈套，就沒有逃生的辦法了。在所謂人生的法庭上，我們都有罪。你一定要牢記我這個被判了死刑的人講的話。」

13

朴仁樹在春天死了。可能是沒有通知鄭經理，所以她沒現身。朴仁樹的第二任老婆從法國趕回來，與年幼的兒子一起招呼前來弔喪的客人。崔恩知的肚子明顯變大了，公司的人劃分成兩派：更加疏遠她和突然親近她的人。四月出版的潛能開發書大賣之後，公司的財政狀況也有了起色。妻子依然對我很冷淡，起初我以為是因為崔恩知，但現在我開始懷疑她在外面有了別的男人。

關於崔恩知的事，我聽取了朴仁樹的建議，只是靜觀其變，沒有採取任何行動。三月，公司要招聘新編輯。競爭率很高，而且在來應徵的人當中，剛好有兩名離婚後獨自撫養孩子的單親媽媽。面試的時候，她們都戰戰兢兢的，擔心自己的情況會影響應徵，但我同時聘用了她們。看到兩人欣喜若狂的樣子，我甚至覺得很不好意思。我把她們和崔恩知分在同一組，這樣一來，崔恩知在為維持生計而工作的單親媽媽中就沒那麼顯眼了。

幾天後，一名男職員在聚餐時，對我做出無禮舉動。他一邊哭一邊對著我大吼大叫，說自己很愛崔恩知，真的很愛她，還罵我是壞人、是畜生。其他人把他拖出餐廳，但在拖出去之前，他弄翻了餐桌，還砸碎了餐廳的花盆和盤子。我賠償了餐廳的損失。隔天一早上班後，我把他叫到辦公室，希望他能主動辭職。他默默地點了點頭。我覺得心裡很痛快，從抽屜取出一張白紙，在上頭寫下：

掰掰了，偽善。

神的惡作劇——奪失

無法離開房間，無法離開這個恐怖、令人生厭的房間，再怎麼想盡辦法也走不出這個房間——這是他們得出的結論。

「我現在已經記不清是怎麼到這裡來的了。」

靜恩聽到秀貞近似喃喃自語的聲音，附和說道：

「感覺我們就像一直生活在這裡一樣，而之前的人生就像前世。我們到底在這裡待了幾天？」

「同樣的問題，同樣的回答。到此為止吧。」

仍沒有放棄的泰俊在房間裡尋找著線索，略顯不耐煩地說。

「只要找到線索，我們就可以出去了。」

「唉，我們出不去的。」

慶宰坐在單人沙發上，對著朝自己走來的泰俊說。

「我也知道，但四處找找看也沒什麼損失啊。你起來一下，那個沙發應該有藏著什麼線索。用刀劃開坐墊看看。」

徒勞無功。慶宰搖了搖頭。

「好好的沙發會被你毀掉的。他們怎麼可能把線索藏在沙發裡呢？難不成每進來一批人都要換一個新沙發嗎？」

「這是正常的密室逃脫遊戲嗎？很顯然不是嘛！我們都進來幾天了？能做的都做了！」

泰俊伸出左手揪住慶宰的衣領，想把他拽起來。

「喂，起來一下有那麼困難嗎？」

慶宰一腳踹向泰俊的胯下。泰俊發出「呃呀」的慘叫聲，接連往後退了幾步，美工刀「噹啷」一聲掉到地上。

「我說沒有線索就沒有。你要是不想變成廢人就給我住手。」

慶宰從沙發上站起來，撿起掉在地上的美工刀，「嗒嗒、嗒嗒」地推收了兩下刀身，然後把刀放進自己的口袋裡。被踢到要害的泰俊痛得在地上直打滾。慶宰又用鞋頭碰了他兩下。靜恩上前把慶宰從泰俊身旁拉開。

「你快住手，幹嘛打人啊？泰俊，你沒事吧？」

慶宰又一屁股又坐到單人沙發上。

「誰叫那傢伙來招惹我，竟然敢揪我的衣領！」

躺在床上的秀貞為了抹去眼前的現實，把毯子一直拉到眉頭上。泰俊掙扎著站起來，瞪了慶宰半天，然後一聲不響地走到秀貞躺著的床邊，在床尾坐下。靜恩呆呆地望著寫有地址「貝克街二二一號B」的門牌。

「你們不覺得很好笑嗎？門牌應該掛在門外，告訴大家房子的主人是誰，這個門牌卻是掛在屋裡。」

「這裡沒有外面。」

慶宰的語氣像是在告訴大家好消息一樣。他起身說道：

「我們重新開始吧。」

慶宰要大家讓開，往鐵門直直衝去，但鐵門文風不動。大家都說硬撞沒有用，慶宰卻不聽勸。

「愚公移山。你們等著瞧，每天這樣撞幾次，總有一天會撞開的。」

也許因為是被住在智異山山腳下精通漢學的爺爺撫養長大，慶宰與同齡人不同，很擅長使用四字成語。慶宰耗盡最後一絲力氣用肩膀撞向鐵門，然後氣喘吁吁地躺在地上。靜恩覺得像慶幸這樣的男生用盡蠻力也是一件好事。雖然靜恩沒有表露出來，但她一直都在留意兩個男生的一舉一動。他們四個人都沒有放棄最後的一絲希望。唯有這樣，才能保住道德倫常，但希望的餘量正在漸漸減損。

「我在思考自己犯下的罪。」

秀貞拉下毯子說道，用那雙大得與五官不成比例的眼睛呆呆凝視著天花板。

「什麼罪？」

坐在床尾的泰俊問，忍著胯下的劇痛。

「你們難道還不懂嗎？這是在懲罰我們。一定是我犯了什麼罪，雖然不知道具體是什麼，但被關在這裡就是懲罰。所以，我們要找的不是線索，而是應該想清楚自己犯的罪，為什麼會被關在這裡。只有想清楚這些，才能知道我們還要在這裡待多久。只要我們付出相應的代價，鐵門就會自動打開了。」

「妳犯了什麼大罪嗎？」

「我現在還不知道，但沒有人是無罪之身。我們一起贖罪吧。只有這一個辦法了。」

「真是莫名其妙。妳贖罪的話，門就會自動打開了？」

撞了半天鐵門後精疲力盡的慶宰大聲嘟囔著。一聲不吭徘徊在書櫃前的靜恩，轉身對躺在床上的秀貞說：

「我覺得這不過是失誤而已。」

「失誤？什麼失誤？」

慶宰插嘴問道。靜恩沒理睬他，繼續對秀貞說：

「那個送我們來的人把我們忘了，說不定他突然遭遇車禍昏迷不醒，又或者是公司突然倒閉，員工都落跑了？秀貞，就算妳有罪，又能有多大的罪呢？我們才二十幾歲而已，才活了多久啊，這是犯了多大的罪而該受的懲罰？根本不可能。」

秀貞抽泣起來。

「不，靜恩姊。我有罪，有很多罪。」

也許是受到大學前後輩文化的影響，秀貞與靜恩不過只差一歲，但她還是會稱呼靜恩姊姊。泰俊安慰秀貞說：

「又哭？別哭了。這裡一定有線索的。不管是懲罰，還是失誤，這裡原本就是為了密室逃脫遊戲而設的，我們一定有辦法逃出去。」

不知為何，一直不肯放棄尋找線索的泰俊讓靜恩感到很不安。泰俊整天在房間裡找線索，讀了一遍又一遍書櫃裡的福爾摩斯全集。有一天，當他的希望破滅、最終轉為絕望的時候，搞不好會做出什麼極端的事情。與泰俊相比，用盡蠻力的慶宰更讓人安心一些。泰俊，為什麼你一點也不憂鬱呢？拜託你，你可不可以安靜地坐下來，把身體交給從內心翻湧而出的絕望，像秀貞一樣，思考一下自己犯下的罪，想一想為什麼會被關在這裡，一邊自責一邊默默地熬過這段時間？

「為什麼沒有人來找我們呢？你們不覺得奇怪嗎？」

面對秀貞的問題，慶宰很有自信地回答說：

「一定有人在找我們。我們進來的時候，不是把手機都留在外面嗎？外面一定有訊號，家裡人都知道我們來研修，如果幾天都聯絡不到人，他們一定會以為我們失蹤了，然後報案，到時警察就會來找我們，我們只要安靜地在這裡等就可以了。大家都別做白費力氣的事了。」

「在這種地底下也能收到訊號嗎？我們進來的時候，搭的可是工地那種四面無牆、很奇怪的電梯，而且搭了很久呢！」

慶宰嚇唬秀貞說。

「啊，是啊，但警察一定會以最後訊號中斷的地點為中心展開調查的。拜託你們就冷靜地等吧。」

聽說這是新入社的員工都要經歷的研修過程。四個人搭車來到京畿道北部某個地方，下車後天已經黑了，四周可以看到汽油桶、推土機和夾心磚，感覺就像黑幫電影裡抓來債務人或叛徒進行拷問的地方。

「我以為是故意設計成這樣的呢。」

對畢業於戲劇學系的秀貞而言，這種設計反而像現實一樣熟悉。人力資源部的負責人對他們說：

「大家都聽說過密室逃脫遊戲吧？在限定時間內找到線索就可以逃出密室的遊戲，最近在全世界都很流行。公司會透過這樣的遊戲來評估大家的智能、隨機應變的能力、適應力和親和力，是很有意思的遊戲。」

雖然四個人來自不同的地方而且專業都不同，但每個人都急需這份工作。人力資源部的負責人在倉庫入口處把他們交給另一個男人，四個人就跟著那個男人搭電梯來到很深的地下。在堅固的鐵門入口，四個人把手機和手錶都交給了那個男人。男人說：

「如果實在逃不出來，可以使用房間裡的對講機聯絡我。但這相當於作弊，之前幾乎沒有人使用，特別是在研修期間，因為會減分。」

起初四個人沒有考慮使用對講機，但隨著時間過去，根本找不到任何線索。慶宰先拿起對講機。他心想，這種該死的公司不去也罷，但誰知道對講機是壞的。

「搞什麼，這麼恐怖。」

秀貞說。

「怎麼看這都不像是遊戲。」

「外面沒有人嗎？」

他們嘗試了所有可以出力的手段，但天花板和地面都是堅固的混凝土，鐵門也百攻不破。直到接受了也許出不去的現實之後，幾個人才注意到放在角落的一袋地瓜和小型烤箱。四個人烤了地瓜，配著從廁所接的水吃了下去。雖然填飽了肚子，他們卻未能解決衛生的問題。由於身邊沒有盥洗用品，廁所裡連香皂也沒有，所以男生沒辦法刮鬍子，女生的皮膚也變得乾巴巴。

靜恩想換內衣想得都快瘋了。所有人都穿著剛進來時的那套衣服。從幾天前開始，秀貞身上散發出衣服沒曬乾時的潮濕味，靜恩覺得自己也是如此。更讓人擔心的是月經，兩個女生只能靠廁所的捲紙來處理身體裡大量流出的血。雪上加霜的是，秀貞還因為便秘而痛苦不已。

「如果能對調就好了，沒有便秘，停止月經。」

雖然這句話出自秀貞之口，但也是靜恩懇切期盼的事。聽說，女性處在極限狀況的時候，月經會自然停止。身體啊，難道這還不是極限狀況嗎？還有一件令人擔憂的事情是：馬桶不會堵塞吧？如果馬桶堵塞了，會怎樣呢？在咖啡店打工的時候，最讓人傷腦筋的事情就是經常堵塞的馬桶了。那時至少還能找人幫忙，可是現在呢？連想像都教人頭痛。如果真的發生了，整個房間會變成豬圈，到處都是屎尿，餓的時候也只能用髒手吃東西。與其這樣，還不如自殺算了。如果有人能找到逃出密室的方法，靜恩會跟著大家出去，然後回到那間只有兩坪的考試院（就算考試院可以聽到隔壁的人講夢話也無妨，至少那裡可以保障隱私和最低限度的安全）。

靜恩不想像慶宰那樣用蠻力去撞鐵門，也不想像泰俊一樣用鼻子在房間裡嗅來嗅去，更不想像秀貞一樣哭哭啼啼地贖罪。雖然她很想離開這裡，卻不知道方法。為什麼其他三個人都相信自己有辦法離開呢？為什麼自己沒有那種確信呢？難道是她這種態度讓情況變得更糟糕嗎？不，反而是因為這種態度，才會讓她來到這裡。明知道自己不可能遇到那麼好的工作，但還是一口答應了，結果掉進這種陷阱。其實，靠打工維生的日子也不錯，至少過得是平靜的生活，休息的時候可以一邊暢飲一萬元四罐的進口啤酒配洋芋片，一邊追劇。

那些書為什麼會在這裡？整個書櫃上都是福爾摩斯全集這類的推理小說。靜恩駐足在書櫃前，察覺到泰俊正在注視著自己的一舉一動。很明顯，泰俊把靜恩靠近書櫃的行為理解成她是在支持自己的逃生法。泰俊啊，隨便你怎麼理解都可以，但請收起對我的關心。

羅伯特・阿伊塞特（Robert D. Isett）所著的《正向心理學》（*Think Right, Feel Right: The New CBT System for Emotional Health & Happiness*），副標題為「讓我的人生變得幸福」。這本書有一段時間很暢銷，靜恩在咖啡店打工時短暫交往的男友家裡也有這本書。那個男生相信「樂觀的力量」、「當你真心渴望某件事，整個宇宙都會聯合起來幫助你」等金句。他每年買新的日記本，制定年度計畫，規律地做運動，尋找適合自己的女友。如果覺得對方不適合自己，他就會冷酷無情地提出分手。靜恩在他的房間裡看到那本書的瞬間，便意識到他們不會交往多久，因為她一聽到那種積極、樂觀的金句就感覺渾身無力。正如預感的那樣，他們很快就分手了。但現在，那本書竟然插在這裡的書櫃裡。這個玩笑簡直糟糕透了。

靜恩剛要取下那本書，泰俊出聲喊道：

「那本書什麼也沒有，我都看過了。」

原來我也有和泰俊意見一致的時候啊。嗯，我知道，這本書裡什麼也沒有。

靜恩坐在書櫃前的地上，讀了幾行序文。作者在書中提到「幸福不是來自外部發生的特別活動，而是由自己調節內在的情緒和思緒創造而生的。」偉大的阿伊塞特博士，您能替我待在這裡嗎？我想看看您待在這種地方是否也能調節情緒和思緒、創造幸福。我可以替您寫書，書名就叫「超正向心理學」。無論經歷什麼事、遇到怎樣的現實、被關在任何地方，我都要勇敢地面對。不，應該說，我非這樣做不可。這樣一來，久而久之，我就什麼都可以釋然了，進而獲得真正的幸福。啊，我在咖啡店打工，很擅長通別人的大便堵死的馬桶。面對結帳時死皮賴臉跟我要電話號碼的中年大叔，我也能樂觀地微笑以對，還能神奇地提升自尊心。現在，我覺得自己無所不能了！但結果，我竟然來到這種地方。人生是在考驗我吧。靜恩，妳究竟承受得住怎樣的考驗呢？有一本書裡寫到，醒來時如果感受不到任何痛苦，就當作死了吧。每次醒來的時候，靜恩都會想到這句話。然而，彼此散發的惡臭、令人窒息的鬱悶、壓擠胸口的不安和從冰冷地面湧上來的寒氣，都讓她意識到自己還活著，也同時不得不再次面對絕望的瞬間。

他們四個人被關進的這間密室，主題是「夏洛克．福爾摩斯的房間」，但房間設計十分粗糙簡略，牆上貼有元素週期表、世界地圖、木劍和人體解剖圖，一張仿紅木木紋、以廉價ＭＤＦ材質製成的書桌擺在房間正中央，角落擺了一張單人床。這是福爾摩斯的主題密室，怎麼可能沒有線索呢？換言之，四個人此時正身處十九世紀英國推理小說的世界，這個世界裡發生的事情無一不存在因果關係。單人床旁邊莫名其妙擺著一架大鋼琴，彷彿在嘲笑他們一般。

「福爾摩斯是拉小提琴吧？不是彈鋼琴啊。」

聽到慶宰的話，秀貞心想，反正福爾摩斯也不是真實存在的人物，管他會什麼樂器呢？泰俊覺得也許鋼琴裡有線索，仔細察看了一番。靜恩坐在鋼琴前演奏了一小段小時候彈過的蕭邦，但因為鋼琴的音律不準，連她自己都覺得難聽得刺耳。房間裡的燈一直亮著，讓人很難分辨晝夜，最終大家失去了對於時間和日期的感覺。他們餓了就烤地瓜吃，睏了就睡覺。

「靜恩，出去以後，妳最想去哪裡？」

有一次，慶宰問了這樣一個問題。

「我想去寬闊的地方，漫無目的地走在無邊無際的地方，像是海邊的沙灘。你呢？」

「我要去找把我關在這裡的傢伙。」

「找到以後呢？」

「殺了他。」

秀貞想去酒吧，她說如果能和朋友一邊吃炸雞腿、一邊暢飲涼爽的啤酒就死而無憾了。泰俊咬著指甲說想回家，因為家裡有兩隻餓著肚子的貓咪。

「牠們剛出生沒多久就被我帶回家。對那兩個小傢伙而言，我的單人房就是整個世界。」

「那在牠們眼裡你就是神了。」

聽到秀貞的話，泰俊搖了搖頭。

「我只是貓奴，天天給牠們餵食，清理貓砂。」

「可能神扮演的也是貓奴的角色吧。祂有時覺得我們很可愛，有時又覺得我們很煩，然後有一天，神就突然消失了。不然，就是我們離開神了。這就是苦難的開始。本來以為神不過就是給我們飯吃的人，但其實一切都取決於神。」

說到這裡，秀貞又開始勸大家贖罪了。秀貞，妳不會知道的，我短短的這一生都在和那些強迫我贖罪的人鬥爭。雖然一股有毒的怒火湧上靜恩的心頭，但她還是把它強壓下去，因為她覺得如果此時和秀貞發生爭執，自己會被孤立，進而淪為那兩個二十幾歲罣丸素過盛的男生的獵物。

「泰俊家那兩隻貓會贖罪嗎？就算會，也不會有主人希望寵物贖罪。把我們囚禁在這裡的神——如果真的有神，祂也不會希望我們贖罪的。」

「為什麼？」

秀貞瞪大眼睛，挑釁地問。

「如果神疼愛我們，不會在乎我們犯了什麼罪。如果祂不疼愛我們，而是以看著我們受苦為樂的話，那就算我們懺悔、反省，又有什麼用呢？那樣的神只會不停地考驗我們，然後袖手旁觀地看熱鬧。」

「靜恩姊，贖罪不是做給那些囚禁我們的人看的，而是向天上的神、我們的主贖罪。」

「我也是這個意思。如果神只是為了懲罰而造人，那我才不需要祂呢！」

秀貞也不甘示弱：

「人類絕對無法理解神，所以祂才是神。人類試圖透過智慧去理解神，這件事本身就是一種罪過。」

慶宰插嘴說：

「靜恩，妳這是不是在搭便車？秀貞勸我們贖罪也是為了離開這裡啊。」

雖然靜恩有很多話想說，但還是閉上了嘴。啊，秀貞相信贖罪，慶宰相信蠻力，泰俊相信因果關係，只有自己什麼都不相信、什麼都不做，所以成了不勞而獲、「搭便車」的人。智異山的小少爺啊，我也有相信的事情。我相信憂鬱。人類已經進化到會在電閃雷鳴、下著瓢潑大雨的陰天悶悶不樂了。不要再浪費能量，還是老實地待在洞穴裡等待雨過天晴吧。人類之所以能走到這一天，其實是多虧了像我這種不會草率行動、無法釋懷過失的憂鬱症患者。我們不會懷揣虛無飄渺的希望，也不會過於相信自己，所以才會活到今天，明白了嗎？我們被關在這裡不是遊戲，而是被人誘拐、綁架、囚禁起來。這真的太恐怖了。拜託，不要再撞門了，安靜地坐下來用用腦子吧。當然，慶宰也沒有必要像自己一樣變得憂鬱，他只要應對外部的敵人就可以了，那些設計這個密室、囚禁大家的人（們）。如果把當下的情況當作遊戲，也是可以故作從容，這樣一來，也能舒心一些。但相對的，對靜恩而言卻存在著內敵與外敵。外敵是身分不明、躲在暗處監視自己、但當下不會造成威脅的一群人，內敵則是在眼前晃來晃去的兩個男生。正因為靜恩無法擺脫自己隨時會被他們攻擊、玷污的想法，所以才一直待在她根本沒有什麼好感的秀貞身邊。一開始，把兩男兩女關進這間密室就讓人很不安了。這個讓人不舒服的遊戲，又或者說，設計這個遊戲的人，最終目的是什麼呢？難道他們的目的是想看到兩對男女卸下道德的枷鎖、屈服於慾望，最終進行交配嗎？

靜恩絕不會把這種擔憂說出口，因為在人類歷史中到處可以看到堅信神旨之人犯下的惡行。遠觀《舊約聖經》裡的約書亞和中世紀的十字軍，近看蓋達組織和 ISIS，都是如此。如果這兩個男生看穿了遊戲設計師的目的，如果他們相信這是結束這場遊戲的唯一方法，他們就會以設計師的目的為名，欣然卸下道德枷鎖。反正道德是礙手礙腳的東西。

泰俊仍沒有放棄尋找線索，把書櫃中的福爾摩斯全集整個看了一遍。秀貞每想起自己犯的錯就會寫在紙上，以便祈禱的時候參考。慶幸每天堅持做著高強度的運動，不斷重複伏地挺身、深蹲、原地彈跳、弓箭步等運動，結束後再靠地瓜充饑。慶宰說：

「這樣培養體力可以在決定性的瞬間一決生死。」

慶宰靠著運動分泌出過多的腎上腺素，獨自創作起荒唐的劇本。他的曾祖父為了躲避戰亂，帶領全家大小躲進深山裡。也許是因為身體裡流著曾祖父的血，慶宰的想像力已經抵達了災難。他的父母離開智異山、來到首爾後就離婚，之後再也沒有回到山裡。祖父靠經營私塾維持生計，教會慶宰熟讀四書三經。祖父在家的時候，慶宰會假裝乖乖念書；當祖父去給其他學生上課，他就會躲在房間裡看租來的電影錄影帶。聽到慶宰提起往事時，靜恩笑了，沒想到他是一個喜歡《魔鬼終結者》、《異形》和《活死人之夜》等電影的智異山少年。

「現在外面該不會被北韓的核彈夷為平地了吧？或者是傳染病肆虐？又或者到處都是喪屍？我們是被上天選中的人，就像上了諾亞方舟的動物一樣。一定是有人準備了這一切，為了讓我們創造新人類。你們看，這裡就跟地堡一樣啊！」

「你喪屍片看多了吧。」

靜恩避開慶宰的視線這麼說。什麼新人類，這種暗示讓人很不舒服。靜恩始終很在意最初見面時，慶宰盯著自己、從頭到腳打量的黏稠視線。

「喪屍，喪屍必須用斧頭砍死，因為……」

慶宰一邊說，一邊做出用斧頭砍喪屍的動作。靜恩打斷慶宰的話，指著地瓜袋子說：

「那袋已經吃膩的地瓜早晚也會見底。在這之前，我們必須離開這裡。」

慶宰笑眯眯地挖苦說：

「誰知道呢？搞不好在我們睡著的時候，那些人會進來送地瓜。你們剛才不是說，我們都是貓，那些囚禁我們的人是貓奴嗎？」

慶宰的預言朝著不同的方向實現了。幾天後，大家突然感覺到難以忍受的睏意，睡得不醒人事。最先醒來的人是靜恩，接著是秀貞和泰俊，只有慶宰還沒清醒過來，像被丟在沙發上的外套一樣癱坐在那裡。秀貞用手肘捅了捅靜恩，示意她看向慶宰變得黑乎乎的胯下。泰俊搖醒慶宰。爬進廁所的慶宰哭嚎的聲音震動了整個房間。泰俊跟進廁所，目睹了發生在慶宰身上的事。身為貓奴的他，腦海中最先浮現出「結紮」一詞。有人趁他們昏迷不醒時，帶走慶宰、把他閹割後又送了回來。

「這可不是在開玩笑啊。」

兩個女生捂住嘴，別過頭去。陷入恐慌的秀貞開始出聲贖起罪來，我們因此知道了她過去犯下的那些說大不大、說小也不小的壞事。高中時，班裡一個被霸凌的同學試圖自殺，她非但對此事不理不睬，甚至看到同學們在社群網站詆毀受害者自殺是在作秀時，也沒有吭一聲。她也曾經惡言重傷喜歡自己的男生，導致人家退學。除此之外，她還做過很多小偷小盜的事。秀貞逐一道出自己犯下的罪，請求著神的原諒。

慶幸因手術後遺症而發燒，蓋著毯子坐在角落裡瑟瑟發抖。秀貞走過去勸他和自己一起贖罪。但慶幸當下腦子一片空白，什麼也想不起來。秀貞安撫他說，想起來再贖罪也不遲。就這樣，慶幸也開始贖起罪，之後再也沒做過運動。

泰俊一直處在膽戰心驚的狀態，擔心下一個會輪到自己。那些人肯定用了催眠瓦斯，否則怎麼可能四個人同時昏睡過去。這種推測十分合理，卻沒有阻止的辦法。那些人透過通風口把瓦斯灌入室內，再戴上防毒面罩進來把人帶走就可以。

「把我們關在這裡的傢伙究竟都是什麼人啊？」

靜恩呆呆地望著天花板問泰俊，就像上面有人在監視他們一樣。

「可能是什麼組織，也可能是宗教團體。」

「應該是吧。無論是誰，他們肯定是想從我們身上獲得什麼。」

「沒錯，但問題是他們想要什麼呢？」

「會不會跟泰俊期待從貓咪身上獲得的東西一樣呢？高興地看著寵物吃光自己餵的食物、排泄暢通，但又不希望繁殖。」

聽到「繁殖」這個詞，泰俊下意識地縮了一下身體。

「嗯，如果繁殖的話，就很難管理了。」

「但他們也會好奇，想知道我們這些傢伙都在做些什麼、過得怎麼樣。他們討厭什麼呢？討厭我們從這裡消失。所以我覺得，他們是為了不讓我們離開這裡，才沒有留下任何線索。」

「話雖如此，但應該還是會留下線索吧？只是我們沒有找到罷了。我之前玩過角色扮演遊戲，就算是再難的等級也有破解的方法。」

「那是為了賺錢而設計的遊戲，但現在這個是囚禁，是很惡質的惡作劇。」

「是喔？那我們該怎麼辦？」

「可以嘗試讓主人討厭我們！」

靜恩下意識地使用了「主人」這個詞，泰俊也沒有察覺到這種叫法很奇怪。

「但是這麼做要何年何月才能出去？」

泰俊瞥了一眼蓋著毯子瑟瑟發抖的慶宰。只要「主人」想要，泰俊隨時都會淪落到慶宰的下場。

「我們也沒有別的辦法了。」

靜恩坐在音律不準的鋼琴前反覆彈奏哈農練習曲，慶宰和秀貞忍受著刺耳的噪音，似乎把忍受痛苦也當成一種贖罪。泰俊思前想後，最終選擇了絕食。就像自己會把幾天不肯吃東西的貓咪裝進外出包、帶去寵物醫院一樣，他希望這裡的主人也會這麼做。如果真的可以如願以償，這將是可以出去的唯一機會。

秀貞和慶宰越來越頻繁放聲祈禱了。他們把自己罪過重複了一遍又一遍。對他們而言，自己犯了什麼罪過不重要，重要的是把這些罪過講出來。靜恩不停彈著哈農練習曲，泰俊靠著喝水持續絕食。有一天，當他們再次昏睡後醒來，泰俊發現慶宰經歷的慘劇也降臨在自己身上。泰俊看到被血浸濕的胯下，掙扎地在地上打滾，但能夠安慰他的人只有慶宰一個人。

「事已至此，也無法挽回了。你還是早點接受現實，和我們一起贖罪吧。」

泰俊拚命掙扎，慶宰抓住他的雙肩這樣說。泰俊就像瘋子一樣自言自語：

「這裡是地獄！我們已經死了，只有我們自己不知道，其實我們早就死了！」

秀貞嚇得躲到了靜恩身後。發生在泰俊身上的事固然可怕，靜恩卻因此安心了。這件事再次證明了「主人」的用意：為了維持最低限度的秩序，禁止繁殖。懲罰遠遠超出了想像，但「主人」的用意僅僅適用於男生嗎？不會的。靜恩環視了房間一圈。被「結紮」的慶宰和泰俊，眼看就要崩潰了。慶宰再也不去撞門，泰俊開始後悔和詛咒起把自己帶到這裡的一切。泰俊啊，你的憤怒和挫敗感很快就會化為憂鬱和絕望。靜恩對這樣的過程再清楚不過。你的內心世界會烏雲密布，而且會覺得那種烏雲與霧氣永遠無法散去。靜恩十分同情泰俊的處境，同時感受到某種新生的力量正從內心深處翻湧而上。過去獨自背負的憂鬱、無力感的債，彷彿都被兩個男生經歷的可怕遭遇一筆勾銷了。靜恩突然覺得自己可以去做任何事了。在這個房間裡，似乎只有她一個人處在清醒的狀態。只剩下我了，我必須保持清醒。靜恩猛地站起身，在房間裡踱起步子。她突然對進來時的那扇鐵門產生興趣。慶宰開始贖罪後，再也沒撞過那扇門。靜恩朝門走去，只見正中央被慶宰撞到已經凹陷下去。

「門，只要能打開這扇門……」

靜恩說道，把雙手貼在鐵門上。

「靜恩姊，妳不要浪費力氣了，快過來和我們一起贖罪吧。」

靜恩搖了搖頭，握住門把手。

「只要能轉動把手，就可以打開這扇門……」

靜恩毫不抱任何期待，轉了一下把手。

「嗯？可以轉動耶！」

靜恩稍稍用力一推，笨重的大鐵門竟然開了。

「門開了？開了嗎？」

以祈禱姿勢跪坐在那裡的秀貞猛地站起身喊道，慶宰也衝過去，躺在地上的泰俊也爬了起來。門外是一條漆黑的走廊，走廊的盡頭出現另一扇門。

「慶宰，你看，神回應了我們的祈禱。我說的沒錯吧，只要我們認真贖罪，鐵門就會自動打開的。」

秀貞的聲音顯得非常興奮。慶宰攔住一起跑過來的大家。

「我先過去開門看一下。如果沒事的話，你們再過來。」

秀貞推了一下慶宰的背。

「快去，但可別丟下我們不管。」

慶宰小心翼翼地走到盡頭，打開了那扇門。

「這扇門也能打開！」

秀貞和靜恩先跑了過去，泰俊緊隨其後。他們誰也沒察覺到，自己住了多日的「貝克街二二一號B」的鐵門緩緩關上了。大家朝慶宰打開的門跑去，但門另一頭的風景與他們期待的截然不同。

「這裡是另一個房間啊。」

泰俊感到雙腿一軟，伸手扶著牆。靜恩指向掛在牆上的房間主題。

「連續殺人犯的地下監獄。」

這個房間比福爾摩斯的房間還要陰森、黑暗，硬邦邦的刑訊臺取代了單人床，一盞冰冷的日光燈取代了華麗的吊燈，一面牆上設有鐵窗，還有一條鐵鍊從天花板一路垂落到地面。

「這裡還不如剛才的房間呢。」

秀貞轉身想要開門，但鐵門已經關上，怎麼也打不開了。秀貞躺在如同澡堂搓澡床般的刑訊臺上，靜恩則是閉著眼睛蹲坐在地上，把手伸向虛空、假裝彈起鋼琴。

「好想彈鋼琴啊。真沒想到我竟然會懷念那架破鋼琴。」

慶宰連踹了幾腳無辜的鐵門。哐，哐，哐。泰俊在櫥櫃裡找到一袋麥片，狼吞虎嚥地吃起來，沒人問他怎麼中斷了絕食。秀貞重新開始贖罪和放聲祈禱。慶宰覺得也許會重現剛才的奇蹟，所以每隔一小時就去轉一次門把。靜恩利用當女童軍時學的摩斯電碼，敲打牆壁發送求救信號。

「如果我們永遠出不去怎麼辦？」

靜恩不想回答泰俊的問題，所以閉上眼睛。泰俊用手指在地上畫起沒有意義的圖形，接著說：

「靜恩，我一直覺得當下就是人生中最艱難的時期，所以感覺只要能熬過去，一切就會好起來，但現在情況似乎變得更糟了。回想起來，感覺好像越是小時候就越幸福。這樣想的話，也許日後回頭看現在的話，也不是最糟糕的了吧？雖然我們現在被困在這裡，但以後的人生還很長，現在是我們最年輕的時候，此時此刻很有可能就是最棒的瞬間……假使我們在這裡老去，說不定有一天也會回憶說，剛進來的時候還不錯，那時候很年輕，也有希望。」

靜恩睜開眼。

「高中的班導師經常會在黑板上寫一堆廢話，像是：我虛度的今天，正是昨天死去之人奢望的明天。我在翻高中時寫的日記時，看到自己寫過這麼一句話：當期盼的明天到來時，才發現今天也沒有比虛度的昨天好到哪裡去。我是不是太悲觀了？」

「妳是太現實了。為什麼我們要掙扎著逃離這裡呢？就算出去了，人生也不會好到哪裡去。」

泰俊把臉埋進雙膝，喃喃地說：

「就算逃離這個可怕的地方，也還是要回到貓咪都餓死了的單人房。」

泰俊哽咽了。

「不，我感覺自己已經死了。如果喪屍也會做夢的話，肯定會做這樣的夢。喪屍不知道自己已經死了，所以才會到處亂走。這種情況下，我們還能找到人生的意義嗎？」

靜恩搖了搖頭。

「有一句阿拉伯諺語說，恐懼會吞噬靈魂。幾年前，我媽做了手術。我們家只有我和她兩個人相依為命。我坐在醫院的等候區，原本說只要五個小時的手術，過了十個小時也沒有結束。那天我特意帶了一本書去醫院，但一頁也沒看。很多坐在等候區的人都和我一樣，大家就只是盯著ＹＴＮ的新聞看，反覆看著重播了一次又一次的新聞。我們能做的事就只有看新聞而已。」

「如果永遠出不去怎麼辦？」

「那就只能期待來生囉。」

這是靜恩長久以來的口頭禪。如果朋友推薦的電影讓她不感興趣，她就會說等我來生再看。如果有人催她做不想做的事，她也會敷衍地說，今生恐怕是不可能了，來生我再試試看。大家聽靜恩這麼說，都會露出舉雙手投降的表情就此放棄。但如今，靜恩在這句口頭禪裡找到了逃離密室的線索。她帶著泰俊走到秀貞和慶宰身邊。兩人停止了贖罪祈禱，靜恩盡可能壓低音量說：

「我們要變成屍體。」

大家瞪大雙眼，互看彼此一眼。秀貞明白了靜恩的用意，眯著眼睛說：

「啊，羅密歐與茱麗葉，我在系裡表演過。羅密歐和茱麗葉覺得只有死後變成屍體才能出城，所以服藥裝死。」

「沒錯。秀貞，我們也要裝死躺在這裡一動不動，這樣就會有人進來清走我們了。到時就是我們最後的機會。」

「主人怎麼會知道我們不是在睡覺，而是死了呢？」

泰俊問。

「該起床的時候也不起來，就一直躺著，絕對不能動。他們肯定躲在哪裡監視著我們。」

秀貞取來水和杯子。四個人圍坐成一圈。秀貞擠眉弄眼，假裝從口袋裡掏出什麼遞給大家。大家立刻明白了她的意思，跟著假裝把藥塞進嘴裡喝水服下。片刻過後，四個人逐一倒在地上。集體自殺的表演就此開始了。

開始密室逃脫遊戲以來，四個人一直不停地做著什麼，有人祈禱，有人彈鋼琴，有人像有強迫症一樣去轉門把，有人在房間裡走來走去尋找線索。然而，這次是他們第一次策畫集體行動。在此之前，他們是彼此的噪音，是惹怒對方的源頭，是證明愚蠢的證據。由於最初他們都覺得這遊戲是進入公司的一個環節，所以都只執著於個人的行動，把他人視為競爭者，堅信必須找到自己的方法出去。但在意識到這不是單純的遊戲後，他們終於改變行動模式。當所有的希望破滅以後，四個人才統一了意見，決定同心協力來完成「不做任何事」的計畫。「不做任何事」的強烈意志，成了他們首次共享的心理狀態。

靜靜躺著比預想中還要困難。高中時，慶宰玩過裝死遊戲，當時班裡的同學都像屍體一樣躺在教室裡，然後拍照上傳SNS。那次只要堅持到拍完照片就可以了，但這次不同，大家必須忍受無聊一直躺著，而且還不能睡過去，因為睡著會翻身。大家之前迴避不去思考的問題，現在都像蒼蠅一樣，在眼前嗡嗡作響。秀貞思考起了失誤，失誤比罪過更讓人痛苦。啊，為什麼在不知情的狀況下犯的錯更讓人痛苦呢？秀貞人生中最大的失誤就是選擇戲劇系。秀貞長得漂亮可愛，周圍的人都勸她去當演員，但考取戲劇系不是一件容易的事。秀貞是在重考之後，才考入位於首都圈範圍內的大學戲劇系。但她才剛入學，之前勸她做演員的那些人又異口同聲地說，妳這張臉要想當演員，還不夠漂亮。當不光是校外的試鏡，就連校內的試鏡也屢屢失敗之後，秀貞終於接受了自己沒有表演天賦的現實。她能扮演的只有「路人甲」或「特洛伊城的宮女3」之類的角色。也許這次的裝死表演會是她此生最後一次表演，在這個主題為「連續殺人犯的地下監獄」房間裡，秀貞有信心可以配合其他三具假屍體完美演出這場戲。

由於泰俊是側身倒下，所以左臂被壓在身體下面，導致血液不通，整隻手臂失去了知覺。靜靜躺著都這麼累，可見人類的肉體有多麻煩。泰俊感到渾身發癢，就像有一條多足蟲在身上亂爬一樣。麻醉退去後，他的胯下也開始感受到火辣辣的刺痛。這種痛延伸出一種對於未來的不祥預感。為了擺脫負面的情緒，泰俊努力讓自己去想困在家中的貓咪。那兩隻吃得又肥又圓的小傢伙也許可以抵擋饑餓。說不定，一年來家裡一兩次的母親會救走牠們。但每天要去餐廳工作的母親恐怕也無力照顧牠們，如果能把牠們送去動物保護所就好了，只是那裡也有時間限制，搞不好還會給牠們安樂死。泰俊懇切地期盼著能在這之前出去。他稍稍睜開眼睛，眼睛眯成一道縫。靜恩與他四目相對，輕輕伸手碰了一下泰俊的左手食指。靜恩用嘴形提醒他再堅持一下，不可以睡著。泰俊對靜恩產生了好感。起初他的視線一直停留在秀貞身上，但隨著時間推移，漸漸被靜恩吸引了。有一天，兩個女生在廁所洗衣服，當時尚未被閹割的慶宰像發善心似地問泰俊，兩個女生你喜歡誰，讓你先挑。泰俊很不滿慶宰這種令人作嘔的態度，擔心如果說出對靜恩有好感，會給對方惹來麻煩，所以回答說誰也不喜歡。當時的慶宰還沉浸在人類因為核彈滅亡、地球被喪屍占領的劇本中，所以沒有就此打住，繼續追問：

「如果地球上只剩下我們四個人，到時候總要選一個人吧。啊，還是不分你我，一起分享？」

光是想像就美得讓慶宰呵呵笑了起來。也許閹割是神對他的懲罰，但為什麼自己也要受到這種懲罰呢？泰俊渾身都在發抖。

再次閉上眼睛的靜恩想起幾年前看過的史丹利・庫柏力克展覽，特別是其中一張照片。那是庫柏力克導演在拍攝《萬夫莫敵》時的現場照，只見數百名扮演死屍的臨時演員以各種姿勢躺在一望無際的原野上。引起靜恩注意的是，每具屍體身上都掛著一個號碼牌。導演會下達如下的指示：一白八十九號屍體，臉貼住地面。三百七十二號屍體，嘴巴再張大一點。那些人成為臨時演員，扮演屍體，但因為人太多，最後變成了一個數字。當時扮演屍體的臨時演員們都還活著嗎？他們一定會對初次見面的人說，我演過《萬夫莫敵》，角色是屍體，當時的現場照很有名，現在在美術館裡展示呢。我是二百六十八號屍體，在左下角。

時間過去多久了？靜恩聽到腳步聲，悄悄睜開眼睛，終於等到了這一刻。伴隨著鐵被鋸斷的刺耳聲，門「哐」的一聲打開了，隱隱約約可以看到一個魁梧的男人背著光走來。泰俊和慶宰猛地站起身，撲向了男人，靜恩和秀貞則是朝男人打開的門跑去。眼前出現微弱的光亮。那道光亮，那裡有希望，那裡有帶我們重返地面的電梯。但是，光亮在晃動。突然間，有人從背後抱住了靜恩。他對掙扎的靜恩說，警察，我是警察。啊，活下來了。靜恩鬆了一口氣。你們是怎麼找到我們的？警察說，你們該感謝這附近的街貓。原來警察是接到殺害街貓的報案後，在附近展開調查時發現了他們。啊，貓咪犧牲了自己，拯救了我們。喵喵啊，對不起，我們沒有保護好你們，但還是要謝謝你們。

泰俊對靜恩說他不敢回家，因為害怕看到貓咪死在家裡。靜恩決定陪他一起回去。門一開，那兩隻貓咪就在那裡。雖然兩個小傢伙瘦了很多，但都還活著。啊，真是萬幸，真是萬幸！泰俊開心地用雙手抱起兩隻貓咪，卻在走出家門時發現，他沒有在自己的單人房中，而是睡在紙箱裡，兩隻貓咪正從紙箱外俯瞰著他。

不知何時，靜恩回到了考試院。管理人說，她的行李都被清到倉庫去了。靜恩說沒關係，反正明天她就會帶上行李走人，只希望能讓她再留宿一晚。管理人一臉不悅地把鑰匙遞給她。靜恩坐在床上，突然間門開了，只見唐納・川普和姜鎬童伴隨著喧鬧的進行曲登場。這麼小的房間，竟然能塞下這兩個大塊頭，真是太奇怪了。姜鎬童一邊拍手、一邊說，恭喜您，李靜恩小姐，您成功通過高難度的密室逃脫遊戲。您被世界頂級企業（但他沒有說是哪裡）特聘為正式員工了。川普慶宰和秀貞本來跪在角落祈禱，現在緩緩站起身，一臉失望地朝川普走去。川普看到兩個人靠近自己，大喊了一聲「You are fired !」同時從腰間拔出手槍，依次朝兩人的頭部砰、砰、砰開了幾槍。現場觀眾的歡呼聲四起，靜恩也不得不配合氣氛鼓起掌。這是節目規則，靜恩也沒辦法。姜鎬童走上前問靜恩，您是怎麼通過這麼難的任務的？靜恩結結巴巴地回答，只是運氣好，我覺得是靠運氣。姜鎬童豪爽地笑著說，哇，您真謙虛啊。運氣好，運氣好，運氣好！真的好謙虛啊！除了運氣，就沒有別的原因了嗎？比如，成功的祕訣或座右銘之類的？姜鎬童的臉湊得很近，靜恩可以感覺到當年的天下壯士正喘著粗氣，讓她倍感壓力，覺得必須講些什麼才行。正向的力量。話一出口，靜恩突然不安了起來，感覺自己講錯話。

她趕緊補充說：

「我虛度的今天，正是昨天死去之人奢望的明天。」

這句話太棒了，您真是太了不起了。觀眾聽到姜鎬童的稱讚又熱烈歡呼起來，甚至還有人站起來跺腳。靜恩心想，啊，這可不行，噪音太大的話，樓下會來抗議的。又長又混亂的夢做到這裡，靜恩重返了現實。她最先被喚醒的是嗅覺，旁人的惡臭味撲鼻而來。靜恩睜開眼睛，只見其他三個人的姿勢都變了。大家都睡著了。表演失敗了，希望再次破滅。在其他人醒來之前，靜恩想給囚禁自己的人發出一個信號。她安靜地豎起右手的中指，舉向空中。管你是神、貓奴還是主人，給我去死吧！

片刻後，泰俊睜開眼睛，驚嚇、失望、挫敗等感情依次從他眼中閃過。靜恩可愛地向泰俊眨了一下眼。歡迎回到連續殺人犯的地下監獄，這個無聊、無趣、恐怖的密室逃脫遊戲還沒有結束。看來我們沒有結束這場遊戲的權限。下一個醒來的人是慶宰。他呆呆地躺了半天，然後像喝醉了一樣搖晃著身體站起來。慶宰調整好呼吸後，直直往鐵門衝去。秀貞在「哐、哐、哐」的噪音聲中醒來，目睹眼前這一切後，安靜地抽泣起來。靜恩安撫著秀貞，泰俊又在屋裡徘徊起來，慶宰則繼續衝撞著鐵門……就這樣，他們的日常生活又重新開始了。

作者的話

我把七年間寫的七篇中短篇放在一起，出版了這本小說集，按發表順序排列的話，依次是〈玉米與我〉、〈西裝〉、〈崔恩知與朴仁樹〉、〈尋找孩子〉、〈人生的原點〉、〈神的惡作劇〉和〈只有兩個人〉。校稿的時候，我又重讀了一遍這些故事，不禁看到自己發生的變化，同時也看到我所生活的時代發生的變化。二〇一四年秋天發表的〈尋找孩子〉在最中間，那年四月發生了我們永遠也無法忘記的慘劇。

當時，我正在為《紐約時報．國際版》寫專欄，寫的是每個月韓國發生的事情。四月的專欄，我寫的自然是發生在珍島前海、疑點重重的船難。我在文中提到「經歷這起事件之後，大韓民國必將轉型為與之前完全不同的國家」。把事實真相視為命根子的編輯詢問我這句話的依據為何，我回答：「沒有依據，這只是身為作家的一種直覺。現在大韓民國所有人都是這樣想的。」編輯卻說，無法接受這種大膽的預測。

之後沒多久，我便辭去這份工作。我覺得作家不是去確認事實、尋找引用依據的人，而是應該代替大眾去「切身感受」的人。我遠離了那個了不起的事實的世界，重返毫無依據的預感的世界。

〈尋找孩子〉在隔年的二〇一五年獲得金裕貞文學獎。我在獲獎感言裡寫了這樣一段話：

> 聽聞獲獎的喜訊時，我正在重讀卡繆的《瘟疫》。巧合的是，小說的背景正是四月十六日的奧蘭治。眾所週知，這場悲劇的前兆是一群老鼠。牠們跌跌撞撞地流竄到白日的街頭，然後成群死去。但人們極力迴避此事，無視這種徵兆。很快地，瘟疫席捲而來，整座城市因此封了起來。城裡的人明明是受害者，但他們非但沒有得到幫助，反而被徹底孤立了。有的人說這是上帝的懲罰，也有的人覺得這件事與自己無關，選擇了迴避，但也有人無論如何都想解決這個問題。滿城屍橫遍野，再也看不到希望。
>
> 這樣的人間地獄讓人很熟悉，與我們在去年四月十六日之後目睹的現實十分相似。我荒唐地覺得卡繆是不是從這起事件獲得靈感，才寫了那本

小說。當然，這種荒唐的想法是借用自法國哲學家皮耶．巴亞德（Pierre Bayard）那裡。他向我們介紹過一個有趣的概念：抄襲未來（le plagiat par anticipation），意思是過去的作家會從未來的作家發表的作品中獲得靈感。如果只以不變的直線去思考文學史的話，這種概念不過是一個玩笑罷了。事實上，在我們所處的時代，所謂的線性時間沒有什麼意義，因為有的人是在經歷「世越號」船難之後，才閱讀《瘟疫》的。在這樣的讀者心裡，作品發表的順序有什麼重要呢？我們生活在一個幾十、幾百年前寫的故事與不到一年前發生的事件同時共存的世界，這裡既有能夠給下一代小說家帶來靈感的歷史事件，也有如同預測未來事件的作品。

我在幾年前構思〈尋找孩子〉，寫好了開頭。當時我住在國外，這個故事與去年春天發生的船難沒有任何關聯。但在把陳放已久的初稿從抽屜裡取出來、著手創作是在船難發生之後，所以在寫這個故事的時候，的確受到了很大的影響。小說的主角因失去孩子而墜入地獄，找回孩子成了他唯一的希望，但之後他意識到，真正的地獄是從找回孩子的那一刻開始的。如今我們也知道了，人生中一定存在著無法完美復原的事情。對於經歷那場船難的人而言，他們沒有剩餘的選項，有的只是堅持熬過「那之後」的日子。

如果說文學有什麼作用，我想就是用文字之網把過去、現在和未來捆綁在一起。換句話說，文學在我們充滿混亂且不易改變的人生裡，確立了某種返回的座標。透過文學把過去的事件帶到現在的讀者面前，透過現在寫的故事讓大家來預測未來。（下略）

重新閱讀這篇獲獎感言，不禁讓我覺得：以這篇小說為起點，我過去七年的人生也被分成了兩截。在前期那三篇中，〈玉米與我〉描寫了窩囊且不懂事的小說家，〈西裝〉裡出現一位為取回父親骨灰而專程飛往紐約，但最後只穿了一套西裝回國的編輯，以及一位因員工堅持要做單親媽媽而大傷腦筋的出版社老闆。相比之下，後期的四篇顯得晦暗很多，雖然看似是以喜劇開場，但劇情發展越來越沉重，最後會覺得像是看了一場悲劇結局的電影。無論是孩子被誘拐、失去初戀情人、放棄逃生的希望，還是目睹父親之死的女兒，這些故事都是我在不知不覺下寫出來的。

但重新閱讀後發現，前三篇也是關於人們喪失什麼的故事。小說家喪失了創作的喜悅；編輯沒有找回父親，而是帶回了一套西裝；老闆送別了老朋友。只是說，這些人物沒有承認自己經歷的喪失罷了。只要相信自己不是玉米就可以，至少帶回一套父親的西裝就可以，告別偽善就可以——這些人物都在演戲來安慰自己，但〈尋找孩子〉之後的人物就略顯不同。他們放棄了自我安慰，拚死地過著「那之後」的日子。二〇一五年寫下的這段話，似乎暗示了我之後要寫的小說。

如今我們也知道了，人生中一定存在著無法完美復原的事情。對於經歷那場船難的人而言，他們沒有剩餘的選項，有的只是堅持熬過「那之後」的日子。

這世上有很多即使深陷失落之中，卻仍努力以開朗的表情生活著的人們。我不知道什麼所謂的事實，我只知道我能感受到他們。他們存在於我的心中，而我也在他們心裡。

二〇一七年五月金英夏

只有兩個人
오직 두 사람

作者　金英夏김영하
譯者　胡椒筒
封面設計　萬勝安
內頁排版　高巧怡
行銷企畫　蕭浩仰、江紫涓
行銷統籌　駱漢琦
業務發行　邱紹溢
營運顧問　郭其彬
責任編輯　林淑雅
總編輯　李亞南
出版　漫遊者文化事業股份有限公司
地址　台北市松山區復興北路331號4樓
電話　(02)2715-2022
傳真　(02)2715-2021
服務信箱　service@azothbooks.com
網路書店　www.azothbooks.com
臉書　www.facebook.com/azothbooks.read
發行　大雁出版基地
地址　新北市231新店區北新路三段207-3號5樓
電話　02-8913-1005
訂單傳真　02-8913-1056
初版一刷　2023年12月
定價　台幣420元

ISBN978-986-489-861-9

This book is published with the support of the Literature Translation Institute of Korea (LTI Korea).

國家圖書館出版品預行編目 (CIP) 資料

只有兩個人/金英夏 (김영하) 著; 胡椒筒譯.—初版.—
台北市：漫遊者文化初版：大雁文化發行,2023.12
336 面;14.8×21 公分
譯自：오직두사람
ISBN978-986-489-861-9(平裝)

862.57　　112015904